杜鹃花开

（中文版）

Blooming Azalea

著：美国严教授

封面设计：美国严教授

Prof. Cong Yan

作者简介

严聪：作家、诗人兼摄影家，现为美国印第安纳州医学院教授，居住美国印第安纳州卡梅尔市。另著有长篇小说《海鸥教授》、《玫瑰血》，中篇小说《留学生》、《寒星》以及短篇小说《悔恋》、《小倩绝恋》等，还著有大量散文、游记。

网址：http://blog.wenxuecity.com/myindex/52334/

Cong Yan, a passionate fiction writer and a poet living in Carmel, Indiana, USA. He authored fictions of "Seagull Professor", "Bloody Rose", "Oversea Students", "Cold Star" etc. He is also a photographer who loves to travel and catch amazing moments of landscape and people using camera. Currently, he is a professor at the Indiana University School of Medicine.

引子： 一九七七年深秋我在家里复习高考，桌子上有一张纸写满了文字，是我的语文考试准备练习。有个雷姓中学同学到我家来向我请教复习中遇到的问题，他拿起这张纸，立刻被吸引住了。看完了他疑惑地问我："你这是从哪里抄来的?"我回答说是自己写的，他惊讶得不行。多少年过去了，那张纸上的文字一直在我脑子里盘桓，我为自己塑造的不幸少女形象萦萦于怀，因为她浓缩了我当知青时见过的众多生活在底层地富子弟们的悲惨经历。我一直想将他/她们写出来，于是有了这个长篇小说《杜鹃花开》的构思。当时那张纸上写的，就是这篇小说开头的场景，那时我离开农村还不到一年，一切记忆犹新。三十多年过去了，随着时代的变迁，这些往事都已经被人们遗忘了，我把它们写出来，重新唤起人们的记忆，那些并不太遥远的故事。

Opening Words: It was the autumn of 1977. I was preparing for my college entrance exam at home. There was a piece of scratch paper on the table that I was using during my practice for the Chinese test. One of my high school mates came to see me to review practice questions he encountered during his exam preparation. He picked up the scratch paper on the table and started reading it. He was amazed and asked: "Where did you get this story?" I replied that I wrote it. He gave me a look of surprise. Many years have passed, but the story I wrote down on that paper has haunted me since. I could not forget the image of the unfortunate girl in the tale. She represented so many offspring of the "Exploiting Class," who were relegated to the bottom of the society under the communist regime when I was a send-down youth in China. I left the farmland for less than a year back then, all memories were still fresh. I always wanted to write down the misery they suffered, which formed the idea and framework of this novel "Blooming Azalea". The story I wrote down on that piece of paper was the beginning of this novel. Things have changed during the last thirty years, and the stories of the offspring of the "Exploiting Class" were gradually forgotten. I wish to revive people's memories about these stories that happened not too long ago.

第一章

　　北风惨烈地呼啸着，满山的雪松摇摇晃晃呜呜悲鸣，众多寒星在清冷的夜空里冻得瑟瑟发抖，忍受不了这极寒天气。黎明时分，堆满积雪的高耸山崖上慢慢显出了一个衣衫单薄的女孩身影，她步履踉跄，长发在风中乱舞。来到山崖边，她扶住一棵松树慢慢站稳，一阵如刀飓风刮来，呛得她弯下腰拼命地咳嗽，似乎将心肺都要咳出来了。稍停一会，她疲惫地竭力抬起头来，两眼迷惘地望着前方的山峦叠影，鬼影魔窟一般，一钩弯月像一把镰刀，角刃锋利地悬在山峦上面，散发着冰冷寒碜的光芒。女孩下意识地用手摸着下身的血迹，已经结成了冰块。她将一块血冰剥下，慢慢放进口里，含在嘴里融化，血水带着腥味沿着喉咙下滑，仿佛在吞食自己生命的一部分，她苍白的娟秀面庞上顿时露出了年轻母亲特有的温柔和慈祥，一股热泪忍不住地流了出来，滴在雪地里，顷刻间结成了寒冰。

　　在寒风中站了许久，东方逐渐泛白，太阳快出来的一瞬间，她嘴角现出一抹淡淡的惨笑，留恋地环顾了一下空旷的四野群山和那深不见底的山谷。永别了，女孩在心中轻声呼唤了一声，然后纵身一跃，飞身而下。松涛阵阵发紧，为人间这悲惨的一幕哀鸣。山峰俯首，不忍看这惨绝人寰的悲剧。月亮打了一个哆嗦，赶快躲到了一片云层的后面。

太阳出来了，无力温暖这寒冬大地。大雪崩塌，将山脉胸膛里的愤懑喷泻而出。一九七六年初的一个寒冬里，一条年轻鲜活的生命就这样无声无息地消失了。

知青刘一鹤一大早起来，拿着毛巾和漱口搪瓷茶缸准备到门口池塘里涮洗。他推开房门，迈过门槛时被外面一个柔软的东西绊了一下，脚下马上响起了啼哭声。他附身下视，吓了一跳，原来是一个被红棉袄紧紧裹住的婴儿，小脸冻得通红，哭声揪心。他赶快将婴儿抱起，这熟悉的红棉袄让他心里一阵慌张，难道生了？刘一鹤看见一张纸条的边角从棉袄的口袋里露了出来。他赶紧取出纸条，上面娟秀的笔迹写道："刘知青：永别了，将小杜鹃交给你，望你将她抚养成人。来生相报。绝笔杜鹃。"

不不，杜鹃，你不能这样!刘一鹤六神无主，他带上自己养的一条黄狗抱着婴儿慌乱地在覆满大雪的田埂上飞跑，沿路的雪地里洒落着星星点点血迹。拐过几个山坳，他来到一个小山村，前面一所凋敝斑驳的泥屋孤伶伶地立在背靠山坡的雪地里，朔风呼啸中吱吱作响。刘一鹤口喘热气奔上山坡，进到柴草围起的院子里，地上脚步凌乱，混着血迹。小屋的门开着，进到里面空荡荡的，床上满是血污。刘一鹤来到床前，凌乱单薄的被子旁有一把剪刀和一段剪断的婴儿脐带。

　　带着绝望刘一鹤出了门，漫无目的地大声呼叫着杜鹃。回答他的只有山谷回音，伴着几只盘旋寒鸦的呱噪，四野一片雪茫茫。他看着地上的血迹，蓦然明白，沿着血迹又折回到自己的村庄，然后沿着地上的脚印和越来越稀少的血迹向前寻去。到了一座山坡前，血迹看不见了，但脚印的拖痕还清晰可循。刘一鹤沿着拖成一条线的人足雪迹来到了一座断崖前。他探头看着下面的深谷，谷底全被树枝遮得严严实实，不见人的踪影。他知道无指望了，颓然坐在松树旁，放眼望去，到处都是皑皑白雪，到处都是松树，满眼无尽的大山，连连绵绵，无穷无尽。突然他觉得怀里动了一下，想起还有一个婴儿。于是低头俯看，婴儿在怀中熟睡，小脸蛋通红，秀气的眉毛眼睛非常像母亲。婴儿的小嘴偶尔吸吮一下，就现出两个小酒窝，甜甜的，安详无比。看着看着刘一鹤豆大的泪珠忍不住滴了下来，正好滴在了婴儿粉嫩的小嘴唇上，马上被吸进了小嘴里，刘一鹤心里更加酸痛。

　　这是刘一鹤第一次抱小孩，心里想着下面该怎么办。不知所措中，他想起了毛娣，同大队的一个女知青。于是他站起身来，疾步下山，向毛娣的村庄奔去。来到毛娣的住处，是一个大一点的自然村庄。庄前有一个小池塘，池塘结满了冰，上面覆盖着厚雪。池塘边的垂柳挂满了雪绒，低低地垂挂着。邻家的一只狗看见刘一鹤，汪汪地叫了几声。刘一鹤敲响了毛娣的木板门，门吱呀一声开了，只见开门的毛娣穿着一件军棉袄，里面露出艳红的毛线衣，映着娇红的脸膛，两只黑粗的短辫在脑后翘着。大概起床不久，眼睛有点迷蒙，沉香睡意还挂在脸上。

看着刘一鹤一脸焦急，还有他手中抱着的婴儿，毛娣一脸疑惑地将他们让进屋。进了屋，刘一鹤将纸条递给了毛娣，然后说："一大早起来，门口放着这个孩子。到她屋里去过了，没有看见她人。"

毛娣看完纸条，一脸惊异："她生了？她人怎么了？"

刘一鹤说："我刚才循着地上的脚印到了一个山头，大概在那里跳崖自尽了。"

"得赶快告诉生产队，找人呀。"

刘一鹤苦笑着说："像她这样的地富子弟，谁会在意。怀孕了这么长时间，有谁关心过她？自生自灭的命。王八蛋！"刘一鹤忍不住骂了一句。

"那怎么办？"毛娣焦急万分。

刘一鹤摇摇头，不知道。

"她怎么这么傻呀。再难，也得活下去呀。何况还有这个小孩。"毛娣的泪珠子在眼睛里直打转。然后接着说："当时要是能将孩子打掉多好呀，生产队就是不肯开证明。"毛娣愤愤不平。

"奶奶的。"刘一鹤声音恐怖可怕。

他们的对话惊醒了刘一鹤怀中的婴儿，张着小嘴大哭不止，弄得两个从来没有当过父母的知青手足无措，两人倒了几次手还是不行。还是女孩子心细，毛娣说："不会是饿了吧？"

一句话点醒了两人。"可是给她吃什么呢？又没有奶。"刘一鹤开始心急如焚。

"要不给她喂米汤稀饭？"毛娣说，"反正我们也要吃早饭。"于是刘一鹤将婴儿交给毛娣，放了一把米在锅里，从水缸里舀了一大瓢水放到里面。他捂上锅盖，又转到灶后点火，屋里顿时充满了烟熏味，刘一鹤赶快蹲下身子向里面吹风煽火。

烧火的中间，毛娣走过来在刘一鹤的耳边小声说："刚刚看过，是个女孩。"刘一鹤愣了一下，停住了烧火棍，回过头来看毛娣。毛娣这时的脸上好像沾了母亲的光彩，非常温柔甜蜜，抿着嘴微笑。刘一鹤又回过头去，继续拨弄着火苗，凝重刚毅的脸膛多了些许柔和，眉头微微放松。看着刘一鹤的微妙变化，毛娣搬了一段木桩靠着刘一鹤身旁坐了下来，两人默不作声地看着火苗一窜一跳，身上一股温暖。

每次毛娣能靠近刘一鹤，心里就有一种温馨在心里涌动。因为父辈们的原因，刘一鹤的心灵受到了深深伤害，对自己一家很有成见，平日沉默寡言，对自己永远都是冷若冰霜，不肯接近。毛娣从小就对这位大自己几个月的小哥哥很崇拜，不仅因为他长得飞帅，更因为他多才多艺，特别是他那不肯理人的酷劲，让班上的女生们恨得咬牙切齿，却让毛娣迷恋得不行。特别是刘一鹤浓眉大眼眉间的一竖，让毛娣百看不厌。刘一鹤越是不理她，毛娣就越是喜欢刘一鹤，说不清道不明，心甘情愿地做感情的奴隶。她本来可以像哥哥一样当文艺兵去部队，不到这里来插队落户，可是为了刘一鹤，她报了名来到这个山沟，为的是能和刘一鹤相隔不远，经常看到他的冷脸。今天是刘一鹤不多的几次主动来找自己，说明他心里不是没有自己，这让毛娣很感动。这绝无仅有的机会，让毛娣鼓起了勇气，她还是不敢直视刘一鹤，半低着头问："刘哥，你心头的那个疙瘩还没有解开吗。难道我们这一辈子真的就不能成为朋友吗？"声音小得只有自己才听得见。

刘一鹤像一节木头，一点反映也没有，只顾呆呆地看着炉膛里的火苗，火光映红了他充满悲伤的脸膛。这时他的心里非常乱，好像根本没有听见毛娣的询问。毛娣知道，这个结大概永远也解不开了，于是黯然起身走到灶前。她将锅盖揭开，用勺子在锅里搅了一圈，薄薄稀稀的粥熬得正好，她吩咐刘一鹤不用添火了。

两人盛了一茶缸稀粥，走向床边婴儿。刘一鹤将婴儿托起，毛娣舀了一小匙稀粥在口边吹了吹，慢慢往婴儿的小嘴里滴，因为不熟练，滴得满嘴都是，弄得两人面面相觑，不知咋办。刘一鹤想了想，用小手指在稀粥里沾了沾，然后伸进婴儿的口中，出于本能，婴儿紧吸着刘一鹤的小手指头，将稀粥吸干。毛娣佩服地抬起头来瞟了刘一鹤一眼，刘一鹤让毛娣接着试。喂完了婴儿，两人已是满头大汗。

待婴儿睡着了，两人开始喝剩下的稀粥。"下面怎么办？"毛娣问。

"要口粮。"刘一鹤简短地回答，说完起身抄起灶前的一把斧头别在腰间。

"带斧头干嘛？"毛娣惊慌地问。

刘一鹤没有回答，一径出了朔风呼号的门，消失在原野里。知青们自己的口粮都很紧张，小家伙没有口粮不行。

队部的几名干部正围着火盆在开会，刘一鹤推开门带着一股寒风凛冽地闯了进来，冻得干部们直缩脖子。看着刘一鹤满腔怒火的样子，干部们面面相觑。队长回过神来后，壮了一下胆，色厉内荏地喊道："右派知青，你来干嘛？扰乱我们开政治会议，胆子不小啊。"刘一鹤的父亲是右派，全生产队的人都知道，因此喊他右派知青。

刘一鹤面无表情地说："报户口，领口粮。"

"给谁报户口？"会计明知故问。

"杜鹃刚生了一个女儿。"刘一鹤的话语里钢嘣味十足。

听了这话，队长的眼神哆嗦了一下，被刘一鹤看在眼里。队长吞了一口唾沫，强打起精神，用右手食指指着刘一鹤："地主的后代，不配。"说完了像自打嘴巴一样中气不足。

刘一鹤从腰间拔出斧头，唰地一下，将队长伸出的指头削掉一截，鲜血喷了出来。"给不给？"刘一鹤脸上的表情冷酷得可怕，眼睛里寒光闪烁。望着掉在地上的血指和刘一鹤手上的斧头，队长胆寒了。

其它干部也都被吓住了，队会计颤抖地说："让杜鹃自己来报户口。"

"她死了。"刘一鹤从喉咙里吼了一句出来。

"啊！"所有在场的人都惊呆了。

其实杜鹃肚子里的孩子大家都猜得出是谁的，心知肚明地不点穿，不过现在闹出了人命，就是另外一码事了。队长顾不得疼痛，马上吩咐会计："快办，快办。"

会计打开账簿，问刘一鹤："叫什么？"

"杜鹃。"

"她不是死了吗？"

"废话，小孩和她妈一个名，杜鹃。"

"哦哦，好，杜鹃，杜鹃。"会计在领粮本上填下了小杜鹃的名字，将妈妈杜鹃的名字划掉。完了他问刘一鹤："谁养她？"

"我！"刘一鹤口气不容置疑。

"父亲也填你？"会计回头张望了一眼队长，队长脸上流露出了非常复杂的表情。

"填我。"刘一鹤当仁不让，态度坚决。

办完了手续，刘一鹤临出门时用脚底板将地上的那颗手指碾碎，鄙视地看着惊慌失措的队长，用斧头指着他说："明天将口粮给我挑到我那里去，晚了饶不了你。"说完一转身出了门。这时天上又开始下起了鹅毛大雪，纷纷覆盖住刘一鹤英俊伟岸远去的身子。

回到毛娣那里，毛娣看着脸色可怕的刘一鹤，小心翼翼地问办了口粮没有。刘一鹤默不作声地点点头，将带血的斧头扔到了柴堆上，然后走到床边抱起小杜鹃。

"让她呆在我这里吧，我比你适合照顾她。"毛娣祈求道。在刘一鹤出门的这一段时间里，毛娣已经盘算好了，这样刘一鹤可以常常来到这里，大家经常见面，那样该有多好，毛娣憧憬着。刘一鹤露出了抱歉之色向毛娣说："不了，我给她报了名，她已经是我的孩子了，我自己来。谢谢你的帮助。"

毛娣难掩失望之情，她含着泪水在小生命的脸蛋上亲了一下，将床头挂着的一条自己的围巾取下覆盖在小杜鹃的脸上系好。望着父女俩出门，毛娣靠着门边目送他们慢慢消失在茫茫风雪之中，泪水止不住地哗哗流下，一半是为杜鹃和她刚出生的女儿，一半是为自己。她心里清楚刘一鹤和杜鹃之间有一段刻骨铭心的恋情，大概这是自己一生中永远也跨越不过的一条鸿沟。

第二年的春天，这里的杜鹃花在布谷声中开得特别鲜艳，池塘溪边，田埂山坡，悬崖峭壁，一丛一丛迎风招展。有时刘一鹤抱着小杜鹃来到母亲杜鹃捐躯的山崖前坐着，眼望蓝天，聆听山谷里布谷鸣翠，缅怀哀思，遥望天际。

第二章

二零零二年，美国。

周末刘一鹤刘教授在自家树木繁盛的宽大后院里收拾花草，阳光从阔叶树缝里穿过来，斑斑驳驳洒在花丛中，明暗分明，浮光掠影。他将败谢的花蕊和枯黄的叶子剪掉，然后用一个精致的莲蓬水壶向花草丛中浇水，让碧叶花朵在细水珠的滋润下挺挺而立，摆弄娇姿，清新欲滴。和这些平日里常相处的伙伴们清净了一会儿，看着花草们高高兴兴的样子，他沏上一杯茶，独自坐在树荫下馥郁飘香的花丛中，在蜜蜂和蝴蝶的陪伴下开始看专业文献资料，这简单周而复始的生活规律让他怡然自得，心情愉快。

不一会，刘一鹤听见车的声音驶进车库，知道杜鹃从中国回来了。果不其然，杜鹃停好车就直奔后院。看见独自坐在后院藤椅上的刘一鹤，高兴地喊道："爸爸，我回来了。看，漂不漂亮？是毛妈妈送给我的。"她在刘一鹤的面前旋了一个圈，水蓝色的裙子下摆就旋飘了起来，像一朵清晨张开的蓝色牵牛花，一双腿肚如同娇嫩的花蕊挺露了出来。

"好看。"刘一鹤发出由衷的赞叹，惊艳女儿的美姿，心里无比骄傲，她永远都是那么明亮阳光。女儿医学院刚毕业，做住院医生前去了一趟中国看望日思夜念的毛娣阿姨。她们曾经相依为命了好长一段时光。

"毛妈妈让我给您带了一件礼物。"说着她从手袋里拿了一个精美的盒子出来，里面是一件米色的毛背心。"还有这个，一碟小提琴曲。她让我捎话，让您多多注意身体。"

刘一鹤接过毛背心和音乐碟子，关切地问道："好的好的。她身体还好？"

"挺硬朗，生意做得风生水起，忙得不行。她新买了一栋高档别墅，非常豪华，带游泳池。她说很想您。"杜鹃作了一个顽皮的鬼脸，然后说："我进去换一件衣服，出来再陪您。"望着女儿倩妙的身影消失在房间里，刘一鹤仔细地看着手里的毛背心，神情若有所思。

杜鹃换好衣服出来，一副休闲装，清丽洒脱，长期的跑步和体型锻炼让她非常结实健美。女儿常常说，当医生要有一个好体魄好形象，为病人树立榜样。杜鹃也端了一杯茶，陪坐在刘一鹤旁边，饶有兴趣地翻看一本从中国带来的精美画册。刘一鹤默默地注视着女儿的侧影，阳光下清丽的脸部轮廓上细小的汗毛在阳光的照射下毛茸茸的，显得柔和清晰，非常像她母亲年轻时的模样。记得当知青时有一次在山坡上自己也是如此这般地在杜鹃花丛中欣赏她的母亲，美丽无比，让人心醉。刘一鹤的思绪不由得在时空里来回穿梭，两个影子叠加重合，分不清彼此。

　　杜鹃知道父亲又在看自己了，从自己很小记事的时候起，她发现父亲就喜欢这么看着自己，可以好半天。有时偶然回头，发现父亲的眼光里一片奇彩，弄得他很不好意思，所以她只好常常装着什么都不知道，让父亲看个够。这时她却故意娇嗔地责备父亲："爸，有这么看人的吗？都这么大了，让人怪不好意思的。"

　　刘一鹤听了收回目光，讪讪地说："你常常让我想起你去世的母亲。非常像呢。"杜鹃看见父亲的眼睛里有一片泪花，知道自己失言了。非常奇怪的是她记得在中国和毛阿姨谈起父亲来时，也是这般表情，还用手绢擦眼泪。于是她小心翼翼地问："爸爸，毛妈妈好像很喜欢您呢。妈妈都去世这么多年了，您难道不能和毛妈妈结婚吗？多好的一对，我不会介意的。"说完了她吐了一下舌头，怕父亲怪罪。

12

刘一鹤有点忧伤地说："是呀，我欠你毛妈妈太多了，恐怕要到下一辈子还她了。我们大人的事情你不懂。"

杜鹃故意耍娇："爸，我都医学院毕业了，好歹也是大人一个，您不能老用老眼光看人。"

"好的好的。我们今天吃什么？"刘一鹤转开了话题。

"我给您做色拉和鱼酱三明治，再来一个汤，您看怎么样？"

"可以。"刘一鹤点点头，他知道在美国生长大的孩子大概就会这些。只要是女儿做的，什么他都爱吃。

女儿进去忙去了，刘一鹤的思绪飞回到了遥远的过去，那永不磨灭的知青年代。

一九七三年，刘一鹤高中毕业下放到山区插队落户。和早期下放的知青不同，他们这一代知青已经失去了革命的狂热，对前途充满了悲观，和流放没什么两样。到了公社，各个大队派人来接。坐在手扶拖拉机上在黄土和石子铺的山路上颠簸，看着沿途贫穷落后的山区农村，不穿裤子的小孩在山坡上放牛，一点诗情画意也没有。毛娣那时坐在他身边，失望之极，问他："靠我们这几个人来战天斗地，能行吗？这里比我想像的还要糟糕十倍。是不是我们要在这里生活一辈子？"对前途的无望攫取了两个知青的心。

　　开手扶的是一个黢黑的农村青年，头发像短戳戳的扫帚，听了两个知青的对话，他说："我们下面到大队部，要表决心，扎根农村一辈子。然后生产队长把你们各自领回去，介绍阶级斗争的动向和需要管教的地富份子。"看看两人没怎么作声，小青年回了一下头好奇地问："听说你们俩一个是老红军的后代，一个是右派子弟。"他头扭得很厉害，毛娣担心他不看路将拖拉机开到山沟下面去。

　　刘一鹤沉默着一言不发，他的父亲当年从英国留学回来后分在了一个国家设计院当院长，负责业务，主持了许多社会主义建设大项目，意气风发了好几年。毛娣的父亲是一个十二级高干，因为战争年代肺部被打穿，身体一直不好，因此上级照顾他，派他到设计院当党委书记，一个闲官，带有养身体的意思。两家人一户住一栋苏式红砖小洋楼，邻近挨着，非常气派。楼前都栽着一棵合欢树，粉红的绒花和梳子一样的绿色细小树叶衬托出格调，显出高雅，显出情调，显出地位，成为设计大院里权力的象征。院里的工程设计人员很多，经过这里时都带有一股崇敬的心情，因为他们的领导一个是久经考验的老红军，一个是学重泰山的归国专家，都让人肃然起敬。两家来往密切，互敬互重。五七年大鸣大放，鼓励向党提意见，设计院有个业务骨干根据工作中遇到的问题提了一些意见，言词有点激烈，但够不上反党言论。不久上级来了旨意，要反右，每个单位定下硬性右派指标人数，结果毛娣当党委书记的父亲欲将这个人定为右派。不料刘一鹤的父亲坚决不同意，人家是善意的，这样不好，以后还怎么干工作。结果两个领导干部闹得很僵，争吵得桌子都拍了。最后一气之下，刘一鹤的父亲说业务骨干是自己的部下，有责任由自己承担，把右派指标扛在了自己肩上，让全设计院的人都肃然起敬。起先还不打紧，因为他的牌子硬，是中央挂了号的学术专家，带着右派的帽子，还是响当当的院长，毛娣的父亲也没有怎么为难他，因为工作上离不开刘一鹤的父亲。不过刘一鹤的父亲行政职务连降三级，高干楼也只能和另一个副院长合住了。

反右时，刘一鹤和毛娣都还在襁褓之中，对这些自然不知道。因为年龄相仿，两人一起长大，青梅竹马，父辈们的隔阂并没有影响到两小无猜。两人经常一起手牵手上小学，在路边买早点。只不过在学校里毛娣一直都是班级年级干部，刘一鹤连红领巾都不是。那时年龄小，也不太明白大人才能懂的事情。好在刘一鹤的功课非常优秀，长相清秀，懂礼貌，很讨老师们的喜欢。而且刘一鹤在父亲的亲自指导培养下拉得一手非常棒的小提琴，是学校文艺队的台柱子，并多次代表学校参加市里汇演，而且常常得名次，为学校增光。那时毛娣坐在台下仰望台上的刘一鹤穿着白衬衫蓝裤子姿势优美地拉着《北京的金山上》，崇拜得不行。刘一鹤的头发有点微卷，运弓拉弦时全神贯注，毛娣想，要是他胸前有一条红领巾该有多好。毛娣喜欢到刘一鹤家里去复习功课，因为刘一鹤的父亲从英国带回来了一架电子管收音机，木头匣子雕琢精致，油漆放亮，非常名贵，放在柜子上和一个台式座钟在一起，非常洋气美观。那时收音机不普遍，这东西稀罕，其它地方根本看不见。两人常常趴在桌子上听儿童广播故事《小喇叭》。据说毛娣的父亲以前也常常来谈工作、听广播，反右后就再也没有来过了。

　　不过这一切都因为文化大革命而改变。有一天刘一鹤放学回家，看见自己家门口人头攒动，一帮臂膀上戴红袖章的中学红卫兵将家团团围住。刘一鹤挤进人群，看见地上散乱地堆满了家里的东西，里面有自己的小提琴，座钟和电子管收音机，还有父亲的博士服，学位证书。父亲跪在一条长凳子上，带着纸糊的高帽子，胸前挂着一个牌子，上书"打倒大右派、反动学术权威 XXX"。毛娣的哥哥大毛是领头的，他正手握带铁头的军用武装皮带站在父亲面前大声叱喝，让父亲交待自己是不是国外派来的特务，并猛烈抽打父亲的脊背，父亲的白衬衫上立时显出一条条血印。刘一鹤见打父亲，冲上去抱住大毛的皮带，拦住不让大毛继续打父亲。在和大毛的争斗中，刘一鹤咬了大毛的手一口，结果吃了大毛一皮带，头上顿时鲜血直流。和他一同回来的毛娣这时也冲上来抓住大毛的皮带，大喊道："不许打刘伯伯。"这时很乱，围观的人很多，楼上的红卫兵从窗台上将刘一鹤家里的外文书籍往楼下扔，撒得遍地都是，并高喊打倒四旧，打倒封资修，打倒帝国主义走狗。刘一鹤的父亲浑身颤抖，又气又怕。

16

天黑的时候，一家人倦缩在屋里，没有开灯，到处一片凌乱，无限凄凉。也不知过了多久，走廊的灯拉亮了，毛娣和母亲来了。毛娣的母亲是个三八干部，也做政治工作，为人通情达理。她蹲在刘一鹤父母亲身边，小声安慰，说孩子不懂事，做了对不起人的事。毛娣来到刘一鹤的跟前，将手里的小提琴还给了刘一鹤，告诉他是自己偷来的。看见自己心爱的小提琴，年幼的刘一鹤抱着琴放声痛哭。从此以后，两家就再也不来往了。刘一鹤幼小的心灵受到了极重的伤害，对毛娣一家非常怨恨，见了毛娣也不搭理了，弄得毛娣非常失落，常常躲在角落里流泪。

随着运动的深入发展，毛娣的父亲也被当成走资派打倒了，他和刘一鹤的父亲一起戴高帽游行，不久两人又一同进了学习班，住进了牛棚，交待各自的问题。两人成为难友，同为天涯沦落人，乾坤颠倒。

刘一鹤的思绪被开手扶拖拉机的小伙子吆喝声打断了，他们到了大队部，书记和大队长都在，生产小队的队长们也在。刘一鹤和毛娣都在毛主席像前举手宣誓，扎根农村一辈子，海枯石烂不变心。走完了过场，两人由各自的小队长领了回去。

刘一鹤生产队的队长三十来岁，脸膛黑红，奇怪的是他印堂上有一块红斑胎记。他身板结实，肌肉发达。队长接过刘一鹤的行李和书箱一头一个拴在扁担上，挑在了肩上调头就走。刘一鹤拎着小提琴盒跟在队长的身后在散满泥土味的田埂上一路小跑地跟着，两人默不作声。天气炎热，阳光刺眼，一小块一小块的水田里是新插的水稻秧苗，一片新绿。队长光着脚板在前面健步如飞，刘一鹤一会就气喘吁吁，有点跟不上。走在前面的队长见刘一鹤跟不上，不时停下来查看田里的情况，等刘一鹤。他有时用赤脚将田头的泥巴扒开，让水从上面的田块流到下面的田块里去。

　　走着走着，他头也不回冷不丁地问刘一鹤："右派是个嘛东西？"问得刘一鹤一个激灵，头皮发麻。

　　见刘一鹤不吭声，他又问："是资本家大，还是右派大？"

　　刘一鹤不知该如何回答，还是不吭声，队长也不责怪，自说自话："不管怎地，只要不是地主富农就行，招罪。你名字的最后那个字是个啥玩意，看了半天不认识。听说你父亲是右派，就叫你右派知青算了，好记。"刘一鹤听了哭笑不得，也不好争辩，从此得了一个雅号。

　　拐过一个山坳，前面地头有个年轻女孩正在毒日头下水田里除草，一顶草帽将脸遮住。只见队长大声喊道："杜鹃。"

　　听到叫声，女孩赶快停下手中的农活抬起头来，清脆地哎了一声。当她抬起头来时，一双水灵灵的大眼睛一下子就吸

18

引住了刘一鹤的眼光，惊为天人。只见她摘下草帽擦汗，一双黑油油的大辫子从头顶滑落下来垂在发育还不是很完善的胸前。刘一鹤从来没有见过这么美貌的女孩，她和自己差不多年龄。她身上尽管穿着满是补丁的旧衣服，那标致的身材和落落大方的神态，两眼顾盼，透着一股四散的青春魅力。不知怎地，刘一鹤想起了神话传说中和董永一起过着桑麻生活的七仙女来。

队长大声不客气地说："杜鹃，给你找了一个伴来了，他叫右派知青，和你一样，成份不好。以后你们一起劳动改造，不许乱说乱动，否则小心无产阶级专政。"说着队长向刘一鹤这边斜了一下眼，有点下马威的意思。

刘一鹤听着刺耳，热血上涌，心中不免愤愤，想理论。但那个叫杜鹃的女孩却一点也不介意，"知道了队长，我好好干活就是。你忙去，把他交给我，我带他去他屋。"那声音婉转，像沿路山林里听到的鸟鸣，纯清自然，非常悦耳动听。她怎么会不介意呢，刘一鹤心里不明白。

"也好，我还有事情忙，把他交给你了。今天你不用上工，帮右派知青安顿好，别忘了将他带到会计那里去领粮食。"刘一鹤注意到队长那双浑浊的胆黄眼睛色迷迷地盯着杜鹃浑身乱看，不怀好意，让刘一鹤有一种恶心的感觉。队长回过头来又对刘一鹤说，你屋后面的一片山坡，就是你的柴山。不许到其他人的山坡上去偷柴。"

19

　　队长走了。杜鹃从水田里起来，脚在田埂上的草丛中擦着，将污泥擦掉，一会就露出了一双好看的双脚。她从路边挑起队长撂在那里的行李对刘一鹤说："右派知青，我们走吧，我知道你屋在哪里，离我住的地方不远。"

　　刘一鹤见一个女孩给自己挑东西，很不好意思，想自己来。杜鹃说不用，你们城里人娇气，没有锻炼过，掌握不好重心。她天真无邪地笑着，像一朵烂漫的山花。那双像泉水一样的眼睛看着刘一鹤时，里面充满了好奇和欣喜，非常的明澈透亮。她问刘一鹤手中的盒子里面是装的什么，刘一鹤说是小提琴。她又问什么是小提琴，刘一鹤说是一种带弦的乐器。说起乐器，杜鹃高兴地附和说她哥哥会拉二胡，两根弦的，两个年轻人就这样在乡间的小道上聊上了。看着杜鹃挑着担子腰肢优美地摇摆着，刘一鹤在心里忍不住赞美，心情一下子高兴了起来。他跟在后面对杜鹃说自己也会拉二胡，什么时候和她哥哥一起玩二胡。不料走在前面的杜鹃一下子沉默下来不作声，刘一鹤有些诧异。过了一会，杜鹃嗓音黯然地说哥哥年前得了病，因为是地富子弟，延误了治疗，病逝了。刘一鹤听了不免心惊，问她家里还有什么人，杜鹃回答说就自己一个人，一个亲人也没有了，父母亲爷爷奶奶都得病不给医治去世了。刘一鹤听罢心沉了下去，想起自己的家世，不免同病相怜起来，想不到这个世界上还有比自己命运更悲惨的人。刘一鹤和杜鹃就这样认识了，时代将这两个年轻人的命运拴在了一起，像当时的流行说法，一根藤上的两条苦瓜，演绎出了一段悲壮凄美的故事。

　　刘一鹤正沉浸在回忆中，女儿杜鹃喊他吃饭的声音将他唤醒。

第三章

　　吃完饭，刘一鹤拿起杜鹃带回来的小提琴 DVD 碟子放进播放器，他轻轻按下按钮，中国风味的小提琴演奏曲立刻奔放出来。听着听着，刘一鹤的思绪飞扬了起来，他从琴匣子里取出跟了自己一辈子的小提琴，已经很陈旧了，这还是当年父亲从英国买的。他将琴头夹在了肩头，运弓合着播放的曲子拉了起来。他闭上眼睛，这些非常熟悉的曲子早已铭记在心，悠悠的琴声从弓弦上散漫开来，充斥了阳光洒满的房间。琴声悠扬里，他仿佛又回到了自己的少年时代。

　　刘一鹤上小学时曾经是市少年宫里的主小提琴手，为无数来访的亚非拉外宾们演奏过。有次演奏完毕，陪同来访的中央领导人拉着他的手非常亲切地问他叫什么名字，这位领导让他以后有机会到北京去演出。领导人发现刘一鹤的脖子上没有带红领巾，提醒他以后不要忘了，要注意少先队员的形象。这

21

个误解让刘一鹤红着脸低下了头，也让在场的乐队指挥和带队老师非常尴尬。从那以后每次演出时，他就会被要求系上一条崭新的红领巾。由于他从来没有带过红领巾，这个任务就交给少年宫里合唱团小演员毛娣来完成。演出前，毛娣为他系好红领巾，演出完了，毛娣又将红领巾取下收走，保管起来。带红领巾对刘一鹤是一种折磨，每带一次，就会在他心灵里划上一道创痕。拉小提琴的时候，脖子上就好像勒着一条铰链，让他窒息不舒服。毛娣给他带红领巾时，从来都不敢正面看刘一鹤的眼睛，因为里面充满了让人不忍相看的忧郁和绝望。少年宫乐队带队老师向他们学校反映过，这么品学兼优的学生，不管家长如何，应该让小孩加入少先队，可是一直没有下文。刘一鹤当时最崇拜的小提琴手是盛中国，在广播里一次又一次地聆听盛中国的精彩演奏，然后模仿得惟妙惟肖。另外他和盛中国一样都长得帅气腼腆，因此刘一鹤在少年合唱团里有个外号叫小盛中国。

　　刘一鹤沉浸在自己的尽情演奏里面，让心灵的泉水流到指尖，传到琴弦上，发出绝响。杜鹃听到小提琴声，静静来到父亲身边，她非常喜欢看父亲拉琴时的挺拔身板，姿势优雅，潇洒华丽，父亲年轻时一定非常地英俊。看着父亲微微晃动的身躯，杜鹃忍不住踱到钢琴前，像往常一样打开钢琴盖，随着刘一鹤的演奏为他伴奏起来。他们曾经这样合奏过无数次，父女俩配合得天衣无缝。每到此时此刻，钢琴声和提琴声交辉穿插，音符相撞，他们的灵魂在琴声里飘浮，在琴声里舞蹈，在琴声里陶醉。

这时的刘一鹤，眼前又出现了穷山沟里面和杜鹃母亲在一起拉胡琴的初始时光。

刚下乡那天杜鹃将刘一鹤带到一个四面漏风的破瓦屋里安顿下来，里面徒有四壁，到处都是尘土，冷火炊烟，柴也没有，米也没有，水也没有。杜鹃见状满脸为难，想了一下，一面用手绞着大辫子一面对刘一鹤说："要不你先到我那里搭伙吃饭，等你会自己烧火做饭了再说。走，到我那里去。"其实队长耍了一个心机，将麻烦抛给杜鹃。

出了门，杜鹃指着屋后光秃秃的山坡说："这就是队长说的柴山，是你的，因为没人照看，常常有人来偷偷砍柴，剩下来的柴草不多了。以后要烧柴，到我的山坡上去砍。平时看紧点，别让人再偷，明年这里就会长出来新的柴草。"说完吃吃一笑，一排牙齿漂亮极了，像夜空里的一弯月亮洁白明亮。刘一鹤其实什么也不懂，不过他知道这本来是一件让人扫兴沮丧的事情，让杜鹃一说，听起来却不那么糟糕，人生地不熟的地方有这么一位热心伙伴指点，心里也有了一些底气，变得乐观起来。他觉得杜鹃是一个可以倚靠的人，亲切可爱。

刘一鹤在田埂上跟在杜鹃后面走着，路上杜鹃沿途采了一些野蘑菇。拐了几个山坳，来到了杜鹃的独户村，房子的后

23

面有一丛翠绿的竹子，很茂盛，竹叶轻轻摇摆着欢迎刘一鹤。竹丛下面的阴凉里有一群鸡在用爪子扒土找食物。一进门，杜鹃揭开一口大水缸，用一个大葫芦瓢从水缸里舀了一大瓢清凉水递给刘一鹤，"走了这么远的路，渴了吧？来，喝一口，甜的。"

刘一鹤真的口渴得厉害，有点不好意思地接过葫芦瓢，咕嘟咕嘟喝个不停，水真的像杜鹃说的那样，甜的，像仙琼一样甘美。等刘一鹤喝完了，杜鹃也喝了一瓢。然后杜鹃就忙着开始做饭，她先将蘑菇炒熟盛起。将锅涮洗干净后，米也不淘直接下锅。

刘一鹤看着她麻利的动作，说："不淘米，不卫生，吃了会生病的。"

杜鹃熟练地向炉膛里添火，笑着说："那是你们城里人的讲究，我们这里粮食不够吃，谁还舍得洗米，慢慢就习惯了。不干不净，吃了不生病。"说完杜鹃又咯咯一笑，她好像不知忧愁。焖饭的时候，杜鹃在里面放了半块红薯。

刘一鹤欣赏着这位刚结识不久的女孩，心生好感。一回头，瞥见墙上果然挂着一把二胡。他起身走过去拿了下来端详，却是上好的料做成的，特别是那蛇皮蒙面，质地厚实，纹路清晰，一定是从一条大蟒蛇身上取下来的整皮。他试了一下音，音质脆亮悦耳，好琴，刘一鹤在心中不免暗暗叫道。

"这是我哥哥的，要不你试试？"杜鹃从灶头边抬起头来，发梢上落了一些草梢，期待地看着刘一鹤。

刘一鹤心痒难忍，于是坐在床沿上，调试了一下音，头微微一甩就开始拉了起来。在少年宫里，刘一鹤属于弦乐队，提琴二胡三弦都属于这个队。队里有个弦乐老师，二胡乃世家真传。他喜欢刘一鹤的聪明好学，少年沉稳，悉心手把手地教刘一鹤，把他当成弟子传授，因此上刘一鹤的二胡水平一点也不比提琴差。刘一鹤拉的是《二泉映月》，郁闷的琴声像有一根线将杜鹃的眼光紧紧扯住，再也离不开了。从小在山里长大的杜鹃从来没有听过这么凄美动人心弦的音乐，她心底隐藏的忧伤和悲惨家世一下子就被这琴声全都拉扯了出来，心心相印，拍拍相扣。望着刘一鹤单薄儒雅的琴姿和翩翩风度，少女的心被这个刚从城里下放来的纤弱少年的琴声拨动了，她甚至忘了往灶里添柴草。刘一鹤拉完了，琴的余音袅袅，杜鹃仍痴迷地久久回不过神来，连外面的鸡都聚集在门口向里面探头探脑。

刘一鹤抬起头来，发现杜鹃泪光闪闪地望着自己，略显惊讶。杜鹃发现了自己的失态，脸红了，赶快抹掉眼泪起身到灶台前接起锅盖。饭好了，她为刘一鹤盛了满满一碗米饭，将炒好的蘑菇一起端到桌子上，自己却回过身从锅里拿起那半块红薯，坐在烧火的小凳子上吃了起来。刘一鹤闻着饭香，向口里扒了一口，又吃那蘑菇，非常鲜美，当他吃了半碗，抬起头来看着坐在锅台上吃红薯的杜鹃时，心里满是疑惑。他问杜鹃为何不上桌和自己一起吃米饭，杜鹃说山里穷，产米不多，一年吃不了几次，因为刘一鹤刚从城里来，怕吃不惯红薯，所以专门为他煮了一点米饭。看着这个纯朴的山里女孩津津有味地吃着红薯，刘一鹤的心里感动了，觉得惭愧。尽管肚子没吃饱，他不吃了。

刘一鹤来到杜鹃身边，将没吃完的小半碗饭递给杜鹃说："真是对不住，我将你的口粮吃了，你把这小半碗吃了。完了我们去领我的口粮，放到你这里好好吃个够。"

杜鹃笑了，说："哪有那么多，一年也就三百六十斤谷子，打不了几斤米，得慢慢吃，还要种些杂粮补贴才够。就这样还常常饿肚子呢。"

刘一鹤在城里吃定量，对这些一点概念也没有。两个人将小半碗饭推来推去，谁都不吃。没有办法，两人决定一人扒一口，结果每人都扒小小的一口，然后你一粒我一粒地将小半碗饭终于吃完了，完了两人相视一笑。他们这样有点像刘一鹤小时候在幼儿园里和毛娣扮家家。有一次吃饼干，他和毛娣比谁最后吃完，结果每人都咬一小块，到后来只舔一下。

杜鹃洗完了碗，两人一起去队部找会计领粮食，杜鹃挑起一对箩筐出了门。刘一鹤想试试，杜鹃同意。看着很轻的空担子，刘一鹤挑在肩上却不听使唤，找不住重心，箩筐在肩上舞蹈，尽显狼狈。杜鹃跟在后面笑得前仰后合，然后接过担子给刘一鹤示范。她告诉刘一鹤肩要在扁担中间，两手抓住扁担两端下面的绳子，稍稍用点力气，这样箩筐就不会摇晃不听使唤。刘一鹤照样做，果然好了许多。两人一路来到队部。

　　会计皮笑肉不笑地和两个小年青打着招呼，先让刘一鹤在粮食薄上签下名。会计说先领取一百斤，以后再来，然后到后面粮仓去开了门。刘一鹤见粮仓里面堆满了黄灿灿的谷子，发出一股浓浓的稻草香味。杜鹃先将一只箩筐吊放在一杆吊秤下，会计用铁锹向里面铲放谷子。随着里面的谷子增多，杜鹃就将秤砣向秤杆的远端移动。当秤砣平移到标有五十斤的星号时，会计就停住了添加。这时杜鹃央求会计，让秤杆挑高一些。会计不情愿地又用手捧了一把谷子到箩筐里去。完了他们将这个箩筐取下，放到一旁，另一只箩筐如法炮制。

　　刘一鹤好奇地望着眼前的一切，心里想这谷子怎么会变成米。正想着，会计将一旁的一个漏斗形的机器拉响，一股刺鼻的柴油味从机器口里冒了出来，黑烟滚滚。只见会计和杜鹃两人将箩筐举起，把谷子倒了一部分在铁皮漏斗里，前面出口里立刻就有白花花的米粒喷出来，夹带着许多麸皮，落在前面的一个大簸箕里。等漏斗里的谷子都下去了，杜鹃走到前面将簸箕端起来向上一抖，米粒下落，麸皮上扬，杜鹃口一吹，麸皮就漂落在了一边地上，多次以后，簸箕里就只剩下米粒了。他们这样重复了多次，一直到全部弄完。刚才还是满满一箩筐的谷子，现在重新装在箩筐里就只剩下大半筐的米了。只见杜鹃又细心地将地上的麸皮用扫帚扫起来，包在一条头巾里，也放在箩筐里。原来米是这么来的，刘一鹤觉得很有意思，但他不明白杜鹃为什么要将谷子的碎壳子收好。

杜鹃将箩筐系在扁担的两端，刚要蹲下去将担子挑起。会计说："让刘知青先试试。"

杜鹃说："他一个城里人，哪挑得动这个。"

会计露着板牙说："知识青年到我们这里来，就是来接受再教育的，从四肢不勤，五谷不分，通过劳动锻炼，成为一个真正的农民，先让他找找和我们的差距在哪里。"会计一本正经，眼睛里闪着狡捷的光芒。

于是杜鹃放下担子，让刘一鹤试试。刘一鹤走过去将担子挑在单薄的肩头往上挺起，不管他如何用力，涨红了脸，吃奶的劲都使出来了，沉重的担子压在他身上就是站不起来。会计在一旁看着狼狈不堪的刘一鹤一脸坏笑，幸灾乐祸。杜鹃忙上去将刘一鹤换下，腰一挺，稳稳站住，扁担只轻轻忽悠了两下，挑着担子出了门。临出门时，会计在后面对杜鹃喊道："今天晚上开批斗会，别忘了。"杜鹃哎了一声，"知道了。"

回去的路上，刘一鹤看见前面杜鹃轻松地挑着担子，一只手扶着扁担，一只手一摆一摆，扁担一闪一闪有节奏地吱呀吱呀上下跳动，不觉心中惭愧万分。杜鹃和自己差不多大，还是个女孩，却有这般能耐，心中不免产生了敬佩。沿路田里有许多人在锄草，看见他们俩都停下手里的活向他们张望，和杜鹃打着招呼。杜鹃向他们喊话说这是新来的知青，大家都向刘一鹤挥手打着招呼。他们回到杜鹃屋里，杜鹃放下担子擦着满脸的汗水，刘一鹤赶快从水缸里舀了一瓢水递给她，她红彤彤的脸上绽开了笑容，瞟了刘一鹤一眼，将水一饮而尽。

　　杜鹃将麸皮倒在一个钵子里放好，然后用手撮了一把麸皮走到门边，口中咕噜咕噜叫唤，鸡群闻声就过来了，杜鹃将麸皮洒向院子里，鸡群一飞而散去抢食。她回头看见刘一鹤不解的样子，解释说："谷壳子里有许多没有打干净的谷子和碎米，正好喂鸡。"刘一鹤恍然明白。当然后来他知道，粮食不够吃时，杜鹃便将这些麸皮当饭吃。

　　吃晚饭时，因为有了新米，他们俩煮了红薯稀饭平分。刘一鹤这次抢着洗碗。洗完了碗，杜鹃对刘一鹤说："开会去。"刘一鹤记起会计的话来。

　　村民们从各个自然村来到队部门前的平坦谷场，坐在自己带来的矮凳子上，婆娘小姨子们和汉子们用黄话打情骂俏，把祖宗八代丢人的事都翻出来抖一遍。一钩新月挂在树梢上，池塘里鸭子散漫地游着，呱噪着凑热闹。见到刘一鹤，场子里稍稍安静了一些。刘一鹤在众目睽睽之下和杜鹃找了个地方坐下，会议开始了。

一个小伙子将一盏煤气灯点燃，白得耀眼。队长站起来，咳嗽了两声让大家安静。队长说："今天到大队部去，我们队里新来了一个知青，他的名字我叫不上来，自己报名。"

刘一鹤报了自己的名字，因为是外乡口音，许多人听不明白。队长说："不明白算了，他父亲是右派，就叫他右派知青。"

人群中有人问："说了媳妇没有？"引起一阵哄笑。

"没有就给地富子弟杜鹃算了，门当户对。"刘一鹤觉得自己的人格受到了极大的侮辱，想站起来理论，被身旁的杜鹃强行按住了。

这时队长继续说："上面传达了公社的新精神，天大旱，人大干，不许有一颗秧苗死了。在这个节骨眼上，特别要防止阶级敌人破坏，注意阶级斗争新动向，管好地富反坏右分子。杜鹃，到前面来，接受大家的批斗，只许老老实实，不许乱说乱动。"

杜鹃从刘一鹤的身边站了起来，走到前面，站在队长身边低下了头。队长对一个老太太说："你上来揭发她爷爷当年是如何剥削你的。"

这时只见一个头发花白的老太婆颤巍巍地走上前去，站在杜鹃身旁，突然一把鼻涕一把泪地控诉起来："当初我们一家从外地逃荒要饭到这里来，你那个丧尽天良的老不死的爷爷给我们饭吃，就是为了剥削我们，让我们当长工。后来还嫌我

30

丑，不肯娶我，对我们贫下中农没有阶级感情。非要娶你那个老妖精奶奶，生了你们一家剥削阶级，骑在人民头上作威作福。感谢毛主席，感谢共产党，让我们翻身得了解放，不再受你们的气了。"老太婆用拐杖不断点地，好像为自己的不幸痛心疾首。说完了，队长又点了一个上来继续控诉。天渐渐黑透，杜鹃站在前面一动不动，白炽灯将她的脸半明半暗地照着。刘一鹤无比震惊地看着眼前的一切，父亲当年被红卫兵抄家的情景又浮现了出来。三四个人控诉完了后，队长宣布散会，大家嘻嘻哈哈都走了。

回家的路上，星月交辉。刘一鹤想安慰杜鹃，她却没有事一般，说自己一生下来就在父母的怀里挨批斗，习惯了。因为生产队里只有她一家是地主，所以每逢需要，就会走过场地被批斗一番，形式而已，从爷爷奶奶到父母再到自己，无一幸免。杜鹃不以为意，刘一鹤的心中却不能释怀，从小父亲就告诫他，做人要有尊严。

第四章

第二天刘一鹤上班，到了办公室打开电子邮件时发现有一封是毛娣来的，她问杜鹃到家了吗。然后说起这次看见杜鹃，出落得漂亮大方，颇有母亲的风范，心中甚是欣慰，感慨

31

万千，时代的变迁真是沧海桑田。末了她在最后打了一个问号，你还要我等多久？

这句问话深深扎在了刘一鹤心里，一下子五味杂陈，翻江倒海，她还在等待。他知道自己太绝情了，为了一个父辈们的心结，让人家苦苦相守，不近情理。其实毛娣在许多方面都非常优秀，人爽气大方，端庄持重，秀外慧中。刘一鹤原本想用自己的绝情寡义将她撵走，不成想都四十多岁了，毛娣还是只身一人，一直等待着他，她在用一生兑现自己曾经发过的誓言。毛娣越是不嫁，刘一鹤心中的负担越是沉重，往事历历，不堪回首。

自从文革初期毛娣的哥哥领着红卫兵抄了刘一鹤的家，殴打了他的父亲，刘一鹤内心受到刻骨铭心的伤害，两个青梅竹马成了两个冤家。毛娣还是一如既往地想和刘一鹤玩，处处给刘一鹤赔小心，刘一鹤却不睬，有意避开毛娣。抄家后，刘家的许多好东西洋玩意都落到了毛娣家里，因为毛娣的父亲以前见过欣赏过这些东西，很怕这些好东西被红卫兵砸了烧了，殊为可惜，于是就让毛娣的哥哥弄回了家。他最喜欢的就是那台英国产的电子管收音机，以前和刘一鹤父亲关系好的时候，常常到他家里去听广播，顺便听刘一鹤的父亲讲一些英国的趣闻，这个老刘满腹经纶，让人大开眼界。反右后两人关系破裂，尽管心里痒痒的，可是不方便听，每当对面楼上的广播声传来，内心就非常煎熬难受。现在好了，放在自己家里，旋转按钮，早上听《东方红》，晚上听《大海航行靠舵手》，还有《国际歌》。那些铿锵有力的报纸摘要和新闻联播，再加时不时的毛主席的最新指示从这个收音机里播出，洪亮有力，革命洪流滚滚向前，让守在收音机一旁的毛娣父亲热血沸腾，战争年代的弥漫硝烟和一股将革命进行到底的激情重新涌起。那时市面上慢慢出现了塑料壳的半导体收音机，音质还是比不过这台老旧的电子管收音机，特别是那收音机的式样，让人看了就是一种古朴洋气的享受，每天看上一眼，心里就像喝了一碗米酒，爱不释手。

　　刘一鹤也时常惦记着自己家里的收音机，有时从毛娣家的楼下走过，听见楼上那熟悉的收音机响声，心里非常不是滋味，徘徊流连，他恨毛娣一家。有一次实在忍不住了，他偷偷溜进了毛娣家的小洋楼，循声上楼，从半开的门缝里瞥见了那台久违的电子管收音机。那台让他度过许多美好童年时光的收音机让他倍感亲切，好像看见了老朋友一般，却又不能相认。偷看时，不料被里面的毛娣看见，她穿着红毛线衣高兴得辫子一翘一翘地跑过来招呼刘一鹤，刘一鹤却掉头抹着眼泪赶快下楼逃走了。上学时毛娣碰到刘一鹤让他到她家去听收音机，就像以前刘一鹤邀请毛娣到他家听收音机里的儿童故事一样，刘一鹤拒绝了，他的自尊心受不了。留给刘一鹤的，只有毛娣还给他的那把小提琴。

随着运动的深入发展，后来毛娣的父亲也被打倒了，和刘一鹤的父亲一起进了学习班，住牛棚。不过因为是老红军，很快又被解放了出来，官复原职，成了院里的革委会主任。上中学后，毛娣的父亲常常到学校给学生做报告，讲井冈山五次反围剿，活灵活现。这让毛娣在学校非常受重视，根正苗红的她很快成了学校的红人，先入了红卫兵，后又入了团，当了中学团总支书记，非常活跃。她当时身穿一件半新不旧的军装，英姿飒爽地走在校园里。刘一鹤常常对她视而不见，那些荣耀与他无关，看不上眼。学校学工学农劳动，毛娣有意无意地和刘一鹤分在一个组里，心想看你如何避开我。刘一鹤没法，只好认栽。一对一传帮带时，毛娣主动要求先进帮后进，专门做刘一鹤的思想工作，搞得刘一鹤狼狈不堪。

学校成立文艺宣传队，毛娣极力推荐刘一鹤，想让他上舞台表演节目，可是刘一鹤不领情，拒绝参加。他从来不拉红色乐曲，当然芭蕾舞剧《红色娘子军》和《白毛女》例外，因为里面有些非常优美的小提琴独奏曲片段让刘一鹤陶醉。父母亲都去了五七干校，就剩刘一鹤一个人在家。多少个夜晚，刘一鹤在自家小楼里练琴，他用琴声为自己解除寂寞，为自己打气解闷。他练的是父亲教他的西洋乐曲，无论是明月当空，还是寒风朔号，无论外面是革命的锣鼓喧天，还是武斗的子弹曳光飞舞，他心无旁骛，埋头练琴。文革对于他而言一概不存在，他生活在自己小提琴的世外桃源里。他知道对面小楼的窗口有个身影时常在窥听。几年过去了，等到他父亲有一天从五七干校回来时，发现他的琴技大长，老泪纵横欣喜若狂。

　　等到中学毕业时，刘一鹤听说对面楼上的毛娣被部队选中了文艺兵，因为她有一副好嗓子。他知道等待自己的只有下乡一条路。不过有一天他正在整理下乡的行李时，有人轻轻敲门，打开门看时，是毛娣。毛娣有些腼腆，成熟的胸脯微微凸起散发着青春的魅力，两条齐耳短辫，一双活泼大眼，还是那身军装，有点英气逼人。刘一鹤不敢相信这就是毛娣，因为自己一直以来对她的忽视，没有注意到她身体细节的变化，以前和自己复习功课的黄毛丫头居然变成了让人怦然心动的妙龄少女。突然之间见面，刘一鹤有些手足无措，慌忙中说了声你好，不小心竟将地上的水壶给踢翻了。那年月，男生见了女生一般都是男生被动。

　　门外的毛娣说："难道你要恨我一辈子，又不是我的错。"她流盼的双眼盛满了幽怨和委屈，期盼和热情。

　　刘一鹤没有回答，因为他还在被眼前的这个邻家花季女孩弄得有点眼昏。

　　"把人家挡在门外，没有礼貌。"毛娣抗议道。

　　刘一鹤更加狼狈，忙闪开身让毛娣进屋。毛娣进了房间，看见墙角靠着的小提琴，走过去将它拿起，然后一抬头，眼神灼辣辣地盯着刘一鹤说："这还是我将它还给你的，要不然你的琴现在也不能拉得这么好。从来还没有谢过我呢。"

　　刘一鹤知道毛娣这几年一直都在偷听自己练琴，自己的进步她不会不知道。眼前这个毛娣已经不是从前那个略含羞怯的女孩了。是呀，要不是当初她将小提琴偷来还给自己，这几年的时光还不知如何度过。他只好歉意地说："对不起一直以来对你的冷淡，我欠你一个人情，以后一定还。"

　　"怎么还？"毛娣毫不退让，也不矫揉造作，只拿眼睛盯着刘一鹤。

　　刘一鹤被逼问得一时语塞，于是赶紧另找一个话题："听说你要参军了，向你祝贺。"

　　"原来你还是有点关心我呀，知道我要参军了。"毛娣对这个意外发现脸上闪现出欣喜。看见刘一鹤闹了一个大红脸，也不想为难他，口气一转，说："为了对你这些年来对我忽视歧视的惩罚，我决定不去参军了，和你一起下乡插队。"

　　"啊？！"刘一鹤听了倒抽一口气。"为什么？"

　　"不为什么，喜欢听你拉琴。谁让你的优美琴声让我着迷，是你招惹的我。我想和你在一起。"毛娣简单地说，直述自己的少女情怀。

　　就这样，他们一起下了乡。

　　下乡后不久，有一天刘一鹤在农田里插秧，老远见毛娣来了。她裤管挽到膝盖上，手里拿了一个饭盒，老远就和刘一鹤打招呼。原来她家里给她捎来了一些食物，她给刘一鹤送来分享。刘一鹤告诉她自己不会做饭，在别人家里搭伙，他指了指不远处的杜鹃。看看日当午，大家收工回家吃饭。三个年青人走着，刘一鹤感觉得出毛娣警惕地在对杜鹃不停地打量。这是毛娣第一次见到杜鹃。当毛娣知道了杜鹃的身世后，刘一鹤从她的眼里看出了一丝淡淡的忧愁和担心。后来毛娣对刘一鹤坦白说，从她看见杜鹃的第一眼起，就觉得自己和刘一鹤之间的感情没有希望了。两个同命相怜的人在一起，是非常有吸引力的，更何况杜鹃又是那么漂亮。

　　刘一鹤对往事的回忆被一阵敲门声打断了，是学院的一个黑人副院长大卫来敲门，他的实验室就在刘一鹤的隔壁，来和刘一鹤道别。前一段时间学院老院长退休，学校在全国范围内选拔新院长，大卫和院内院外五十多位候选者参加竞选。他因为是管科研的副院长，又深得老院长的赏识和器重，一路提拔到现在这个位置，再加上是少数族裔，因此觉得自己的希望很大，管不住嘴，到处散布自己已经内定为院长了。行事稳重，火候拿捏得恰到好处是当院长和领导的基本要素，他这样自吹自擂不但为自己埋下了祸根，也留下了笑柄。在位时，他平日里行事比较嚣张，不太尊重人，把各个系的地盘收为己有，让大家的实验室用地非常紧张，以显示自己的权力至高无上，其结果搞得各个系的系主任对他的意见很大。另外他还比较自私，一方面收紧人家的地盘，一方面将自己的实验室面积增加许多，远远超标，让人侧目。于是人心就在这一点一滴里消失，所以教授们对他的意见也很大。他还有一个毛病，就是喜欢利用自己的权力将别人的东西据为己有。刘一鹤就被他敲诈过，他曾经明白地想将刘一鹤的科研项目放到自己名下，并以将实验室的地盘收小为要挟。刘一鹤当然不能同意，他还真给刘一鹤小鞋穿，收走了刘一鹤实验室的一个房间。一个一心自私为己的人在得意忘形中，不但失掉了人心，也断送了自己的前程，所以他评不上院长一点也不奇怪。水可载舟，也可覆舟，中国的这句成语放到哪里都是放之四海而皆准的真理。

新院长要来上任了，一朝天子一朝臣，大卫知道自己往日的风光不再，于是赶紧在外面另谋职位。听说他在一个不大的公司找到了一个副总裁的位置，虽然不尽其意，也只好这样了。最近一段时间不太看得见他的人，蓦然相见，他那往日得意扬扬的脸上失去了光彩，显得无精打采，既尴尬，又无趣，像一个秋霜打过的蔫瓜。两人握着手，刘一鹤看着他那一下子憔悴下来的脸，往日休整得清清爽爽的光洁脸面这时满是刺扎扎的花白的胡髭，如同秋后收割了的庄稼地一样，有点为他不值。刘一鹤恭维着他，祝大卫在新单位好运。望着他寞落而去的背影，往日的呼风唤雨不在。走廊尽头，他的实验室在打包，准备搬家，听说他往日繁荣的实验室有许多人要离他而去，这世界上到处都在演义着树倒猢狲散的故事。

回到桌子前，电脑显示屏向刘一鹤提示今天要给一个讲座报告，时间还有一刻钟。他将储存有报告内容的U盘和激光笔装在口袋里，锁上门前往报告厅。报告厅在另一栋楼，要穿过医学院。正好赶上红灯，刘一鹤在马路边等。马路近旁是一家医院，有许多病人来就诊，人来人往，川流不息。这时他看见了另外一个系里的教授丁一，两人打着招呼。

"听说你实验室最近又发了一篇论文在《自然》杂志上，恭喜呀。"刘一鹤向丁一打着招呼祝贺。

"花了一年的时间修改，脱了几层皮，太难发了，也不知那些大佬们怎么想得出那些难题来刁难人。"丁一上前和刘一鹤握手。"听说你最近又拿了一个项目经费，这才是最重要的。"。

"我们这些人，就是在经费和论文里面转来转去，缺一不可，明知山有虎，偏向虎山行。"刘一鹤说。

刘一鹤和丁一当初一起来到这所学校就职，各自在各自的领域里干出了名堂，从助理教授升到副教授，然后正教授。两人还有一些合作，比较谈得来，家庭关系也好。

"就是。听说新来的院长比较重视科研。希望把这里的学术风气带好。"丁一说。

两个老友正在交谈，刘一鹤看见一辆货车远远向这边开来。这时他突然听到身旁一声尖叫："Come back！"就见一个几岁大的天真女孩向马路中间笑着跑过去，她没有看见大卡车。大卡车做了紧急制动，但为时已晚。不好，刘一鹤本能地一个箭步冲过去，在卡车快要撞到女孩时推了女孩一把，小孩没有被撞到，但刘一鹤却被卡车的惯性撞出了十几米。周围一片惊叫声，刘一鹤躺在了血泊里。丁一马上喊人从医院里弄来一副担架车，然后和众人将满身是血迹的刘一鹤抬到担架上，将他送往急诊室。

　　杜鹃开始做住院医师了，今天是她的第一天。穿着刚领到的白大褂，心情既轻松又激动，这意味着自己新的人生已经开始，翻开了新的一页。她步履轻快地在医院的走廊上走着，和相识不相识的人友好地打着招呼。刚走到急诊室门口，就见一辆担架车在一群人的簇拥下被推了进来，她闪在一旁让路，医院里经常有这种事情发生。担架车经过身边时，杜鹃惊呼起来："PaPa！"他看见车上躺着的刘一鹤浑身是血。

　　在急诊室里，丁一教授简短地将刚才发生的事情向杜鹃讲了一遍。刘一鹤失血过多，医生护士们高呼安排输血。杜鹃马上上前说抽我的，我是他女儿，丁一在一旁作证。于是刘一鹤和杜鹃两人的血都被抽去化验。

　　看着气息奄奄的刘一鹤，杜鹃焦心如焚地伏在刘一鹤的身边呼叫："爸爸，是我，我是杜鹃，您要挺住。"

　　刘一鹤一点反应也没有，他脸色因为失血过多显得苍白，显示屏上的心跳脉搏非常弱。这时有个非常帅气的年青医生来到床前，他走到刘一鹤的跟前去查看了一下眼底，问了护士们一些基本情况，回过头来向杜鹃自我介绍叫 Scott。他看见杜鹃也身着配有医院标志的医生制服，略微诧异，问她是不是也在医院工作？杜鹃点点头，说自己是一个刚来的实习医生，躺着的是自己的父亲。Scott 安慰杜鹃，让她不要紧张，他们一定会尽力抢救。

这时验血结果出来了，刘一鹤是 O 型，杜鹃是 AB 型，杜鹃的血不能用。他们不可能是父女！

"快，快到血库去取。"年青医生大声吩咐道，一切在他的指挥下有条不紊地进行，非常果断。他瞥过杜鹃的眼神有些疑惑和不解。

化验结果让杜鹃一下子失去了地轴，地球乱转起来。不，怎么可能？！杜鹃呆住了，她绝对不相信实验结果。她将报告单拿过来，上面写得清清楚楚，O 型和 AB 型。眼泪顿时模糊了她的视线，天哪！丁一站在她旁边，也不明白是怎么回事。

因为要做手术，Scott 让杜鹃和丁一教授在家属区去等。小女孩的父母亲也在焦急地等待刘一鹤做手术，当他们知道杜鹃是刘一鹤的女儿后，一个劲地感谢救命之恩。看着那个被刘一鹤救下来的小女孩，杜鹃非常为父亲自豪，她从小就非常清楚自己的父亲，她的父亲一直是这样为人的，崇高而伟大。刘一鹤满是血迹的身影让杜鹃有些害怕，她怕失去父亲，不知父亲在手术台上挺不挺得过来。她让丁教授先回去，因为手术的时间有点长。丁一将自己的手机号码给了杜鹃，随时联系。

第五章

　　在家属等待区里，杜鹃给自己的科室打了一个电话告知了情况。等待是漫长的，她不时地看着墙上挂着的时钟，上面的时针分针慢慢地踱着步子，不疾不缓地走着，不理解病人家属们的焦急心情。杜鹃心急如焚，刚才那血型的事情却怎么也挥之不去，让她迷茫。这么好的父亲，怎么会和自己没有血缘关系呢？不过细细回想起来，有些事情是有些蹊跷。首先父亲不让自己和他姓，一直以来他的解释是为了纪念过世的母亲。起一个和母亲一模一样的名字，是为了让自己永远也不要忘记她。从小父亲就告诉自己母亲死于难产，自己的生日就是母亲的忌日。这些解释很有道理，自己从来深信不疑。

　　上高小时，有一天老师布置了一篇家庭作业，《我的母亲》。其他小朋友非常高兴这个题目，欢雀而去，只有她落落寡欢，因为她对自己的母亲一点印像也没有。老师知道她是单亲，只有一个父亲，以为她的父母亲离异了，安慰她写其它的

42

内容也行。杜鹃从小就非常羡慕其他的小朋友有自己的妈妈，每天上学放学，大部分的同学都是妈妈们来接送。看着妈妈们和蔼可亲的面容，和他们相拥在一起的欢乐场景和手牵手离去的身影，自己觉得非常地失落，仿佛生命中缺少了一件非常重要的东西，永远也无法弥补。这个作文题目突然让自己有了一股强烈的冲动和愿望，非常渴望知道自己的母亲到底是什么样子的。在父亲接自己回家的路上，她向父亲讲了学校布置的作业，问起了母亲。父亲沉默良久，说先回家，吃完晚饭向她讲母亲的故事。一路上各种母亲的形象不断在眼前交替出现，她用同学们的母亲们作为模板，想像着自己的母亲更像她们中的哪一位，心里涌现出了一丝甜蜜的感觉，盼望着晚上赶快来临。

　　平时父亲接完了自己一般会到快餐店去，吃完了就带自己去实验室。这天父亲却带着自己回到了和其他留学生合租的公寓里。往常有说有笑的父亲自己做晚饭，显得有些沉默寡言，心不在焉。问他问题，也答非所问。吃饭时，一盘菜偏咸，一盘菜偏淡。父亲的失态和突然沉默弄得自己忐忑不安，是不是不该问母亲的相关话题。记得那天是一个风雪之夜，外面朔风呼号，电线杆上的电线发出呜呜的鸣叫，有点磣人。同公寓的其他叔叔阿姨们有的不在家，有的关着门在自己屋里看电视。那时父亲没有多少钱，和自己住在一个小间里，自己睡在床上，父亲睡在地板上。屋内灯火通明，暖气将屋里烘托得温暖无比。父亲搂着自己坐在床上，他望着漆黑的窗外，向自己讲起了母亲。

在父亲的描述下，母亲的音容笑貌宛然出现在眼前，杜鹃开始知道自己有一个非常美丽勤劳，心地善良，可亲可爱的母亲。随着父亲的娓娓道来，杜鹃听得入了迷，她觉得自己的母亲比同学们中的任何一位母亲都好，为自己有这样一位母亲而自豪，可惜自己命薄，无缘和母亲在一起，享受母爱。听着听着，内心里充满了伤感。讲到后来，父亲站起身来，从一只旅行箱里取出一本相册，原来里面有母亲的照片。照片是黑白的，有些泛黄，父亲指着其中一张照片上的女孩子告诉自己那就是母亲。记得当第一次看见站在杜鹃花前母亲那年轻姣好的面目时，自己激动得直打颤，眼泪怎么都止不住，像断线的珍珠只往下掉。父亲一直说自己长得像母亲，看了照片，方觉有道理。年轻的母亲慈祥关爱地看着自己，好像在问小杜鹃你好吗？妈妈想你。当时自己情不自禁地抚摸着照片上的母亲面容，忍不住喊了一声妈妈。另外一些照片都是父母在一起的，有田间劳动，房前屋后，水利工地，两个人很开心的样子。那时他们的生活真简朴，杜鹃从照片上对父亲的过去有了更深一层的了解。父亲解释，这些照片都是毛娣阿姨从家里拿来的照相机照的。有些照片里还有毛娣阿姨，显得很英气。那天夜里自己梦见了妈妈，两人说了许多的知心话。

根据父亲的描述，杜鹃在作业里描写了一位完美的母亲，里面充满了自己的想像和创作，她将自己多年来对母亲的怀恋和思念情感倾注在作文里，和泪完成。那天夜里自己写得很晚，父亲没有像往常一样来催促自己早点休息。作业交上去了，老师看了大为感动，在班上声情并茂地念给大家听，还建议杜鹃将作文投到 NPR News。有一天父女俩从广播里居然听到了自己的作文。从那以后，冥冥之中母亲潜移默化地影响着自己的一言一行，塑造着自己的人生观，她要像母亲那样勤劳善良，坚毅顽强。以前自己做功课经常偷懒，从那以后再也没有过。她时时觉得自己的母亲在天堂里看着自己，关心自己，督促自己，鼓励自己，欣慰地看着自己的每一步成功和进步。她开始知道父亲的不容易，体贴父亲，帮父亲做家务事，两人相濡以沫。

杜鹃的疑点还有很多。她知道毛娣阿姨对父亲一往情深，可是父亲好像无动于衷。但他对毛娣阿姨却绝对信赖，将自己托付与她。母亲已经去世多年了，他们还有什么障碍不能生活在一起呢？如果说自己的母亲是虚无飘渺里的那种朦胧女性，毛娣阿姨就是真实存在的女性。自己对母亲的认识，一切都是从毛娣阿姨那里开始的。

她隐约记得小时候自己有很长一段时间是和毛娣阿姨生活在一个工厂的单身筒子楼宿舍里，那时自己喊她为毛妈妈，这个称呼一直延续到现在。毛阿姨对自己的照顾无微不至，给自己打毛线衣，买小皮鞋，有时还带自己到她父亲家里过周末。毛娣阿姨那时上班三班倒。她上班时，就将自己交给宿舍里的其他年轻叔叔阿姨们带。他们老是逗自己玩，到食堂里轮流给自己打来饭菜，给自己糖块吃，教自己唱歌跳舞。那时有个戴眼镜的技术员肖叔叔常来看毛娣阿姨，对毛娣阿姨很有意思。眼镜叔叔有时周末带来鱼肉和蔬菜，大家在走道里烧火做饭，煤烟滚滚，欢声笑语。自己常常参与其中，拿把小扇子蹲在一旁给炉子煽火，看见大人们有说有笑，自己也跟着高兴。有时盐不够了，毛娣阿姨就指使自己到隔壁去借。大家在一起捏煤球时，自己也捏，一抹脸一片黑，引得毛阿姨、眼镜叔叔和宿舍里的其他阿姨叔叔们哈哈大笑，开心不止。每次来眼镜叔叔都教自己识字背唐诗，做算术题。有一次自己在睡午觉，听到眼镜叔叔对毛娣阿姨说，我们结婚吧，我将来会对杜鹃好的，把她当成自己的女儿。自己眯缝着张开眼睛看见毛娣阿姨满脸通红，转过身去抹泪。那时她不明白大人们之间的事情。眼镜叔叔还常常带自己到他的办公室去，让自己在图纸上画画，下面垫些复写纸。最有意思的是他从车间拿来铁丝做成铁环跟自己一起滚，看谁跑得快。有一次路边的一位大爷说你闺女真乖，乐得眼镜叔叔抱起她来亲了一口。记得有一次眼镜叔叔带自己去了一家商场为自己买了一件花衣服和裙子，还看了一场儿童电影。回来后毛娣阿姨却默不作声，告诫自己以后不要再花眼镜叔叔的钱。那时自己不懂事，问毛娣阿姨眼镜叔叔是不是喜欢你，结果毛娣阿姨吩咐以后不许乱说，我喜欢的是你爸爸。不知从何时起，再也没有看见让人喜欢的眼镜叔叔来了。

父亲那时正在同一个城市里上大学，但到了周末就将自己从毛娣阿姨那里接走，带自己去儿童公园骑马，划船，有时毛娣阿姨也陪着。玩累了父亲给自己买来雪糕，他从来自己都舍不得吃，看着自己津津有味地将雪糕舔光。有时父亲也带自己到大学校园里看花。记得学校湖边长满了荷花，旁边都是叫卖莲子和菱角的。自己不懂事想要买莲蓬和菱角，父亲说没钱了，结果自己哭了。父亲说我给你表演一个老鼠偷油的节目好不好，于是他摘下一根柳条，将柳叶捋到前面打了一个结，像一只老鼠在柳条前面蹦蹦跳跳。父亲将老鼠放在湖里蘸满水，然后放到一片荷叶上将水滴上去，水珠在荷叶上滚动着，忽左忽右，晶莹透亮。自己开心地笑了，忙从父亲手里拿过柳条老鼠，学着父亲的样子将水撒在荷叶上，口里含着"老鼠偷油"。后来父亲摘了一朵荷花给自己，荷花里面有个嫩绿的小莲蓬，毛绒绒的还有黄蕊。那一天过得真开心。

父亲有时在学校树丛中的小石凳上，或在教学楼前的台阶上给自己讲故事。有一次父亲带自己去图书馆，里面有好多的书，父亲说将来长大了一定要做一个有学问的人。记得自己那时傻，问学问有什么好，父亲回答说学问可以让人聪明漂亮。结果自己回答说毛娣阿姨一直表扬自己聪明漂亮，是不是很有学问了，逗得父亲大笑不止。不过学问的种子就这样种在了心田里。父亲大学毕业后考取了公派出国研究生，还记得自己抱着他的腿不让他走。结果毛娣阿姨骗自己说出国不远，明天就可以回来，但爸爸像消失了一样很久没有见面，自己和毛娣阿姨赌了很长一段时间的气，不和她说话。再后来爸爸打来了长途电话，自己常常在电话里哭着要爸爸回来。突然有一天爸爸真的回来了，要将自己接到美国去，能和爸爸在一起自己高兴得不得了。在机场送别时，发现原来又要和毛娣阿姨分别，自己又不干了。毛娣阿姨哭得厉害，不舍得自己走，两人死死抱住不肯分开。直到飞机要起飞了，毛娣阿姨说以后到美国来看自己，才肯上飞机。

　　在美国留学的父亲一直都很忙，白天将自己寄在托儿所里，几乎每天父亲都是最后一个来接自己，然后到外面吃快餐，完了又带自己去实验室。晚上父亲忙着实验，等父亲做完了实验，自己已经趴在桌子上睡着了。多少个夜晚，自己被父亲要么抱着，要么趴在他宽厚的肩上回家，沿路灯火辉煌，人声嘈杂。

　　周末父亲也常常加班，他教自己看细胞和各种闪烁的漂亮仪器。记得那时有个漂亮的 Linda 白人阿姨打扮得鲜艳，常常来找父亲聊天。父亲忙，她就陪自己玩，陪自己看报子上的连环画，自己最喜欢大肥猫 Garfield。有一天 Linda 约父亲出去看电影，父亲说要陪自己，不方便。Linda 阿姨说她已经大了，可以自己玩，我们应该有一些自己的私人空间，父亲还是不同意。Linda 阿姨看来有点生气了，说父亲为什么不能分一点时间给她，难道父亲看不出来她的情感。父亲说谢谢好意，并直言相告恐怕自己这一辈子不会结婚了。那个 Linda 阿姨和父亲争辩，人死了不能复生，何苦自己为难自己，从感情的泥潭里拔不出来。父亲苦笑着说自己没办法让自己忘记杜鹃的母亲，请她原谅。Linda 阿姨眼一红，调头走了，以后再也没看见她。

　　随着自己慢慢长大，许多事情记得越来越清楚，那些和父亲在一起的温馨往事像过电影一样一一从眼前闪过。。。。

　　冬天天上飘着雪花，纷纷扬扬在摩天大楼之间飞舞，她和父亲俩走在街头，笑着用舌头尖舔尝着飞雪。过圣诞节了，圣诞老人摇着铃，彩灯装饰着街道，到处五彩缤纷，街两边的橱窗里摆满了各种人物，精美异常，两人聚着首一幕幕看过来。完了两人坐上大马车，在车流如注的大马路上慢慢悠荡，欣赏着平安夜万家灯火，霓虹流彩。

　　在迪士尼世界，父亲陪着自己坐过山车，两人双手伸出车外，呼啸着享受那飞冲而下的心跳刺激。坐咖啡杯时，两人拼命让杯子飞旋，看谁旋转得快，结果下来时都站不稳倒在地上，天旋地转中喘着气大笑。进了鬼屋，正互相扮着鬼脸吓唬对方，却被鬼屋里突然出现的鬼逮个正着，吓得不轻。当然还有那些童话动画片里的各种人物让人喜爱异常，父亲给自己和他们一一拍影留念。晚上芝麻街上的烟火游行，更是让人不能忘怀。

有一年到 Smoky Mountain 去爬山，爬到了一半突然雷雨交加，倾盆大雨顿时将两人浇成了落汤鸡。雷声就在头顶炸开，自己吓得躲在父亲的怀里，父亲用躯体将自己搂住，安慰不要害怕，要学会勇敢。等雷雨过后，两人又继续攀登到云雾山顶，瞭望那些钻出云层的青松翠柏，蔚为奇观，让人体会到非凡的境界。沿山溪漂流时，两人一起和白浪飞花相搏，层峦叠嶂中顺着急流而下，惊险万分，突然间又一马平川，水静似镜，花团锦簇，媚鸟婉啼。

再大一点和父亲去巴黎旅行，两人徜徉罗浮宫，为里面的欧洲文明历史和艺术辉煌陶醉震惊。站在维拉斯和爱琴胜利女神雕像前时，杜鹃为女性的伟大和非凡而骄傲。她挽着父亲的手臂，想像着自己的母亲，应该也是这般伟大，崇高无比。来到凡尔赛宫，那金碧辉煌的宫殿和林立的裸体雕塑让她体会到了美丽的窒息。她看见父亲久久矗立在婀娜多姿的喷泉旁，眼望远处的碧翠林园，聆听着播音器里的优美细腻小提琴协奏曲，凝固在那里仿佛也是这美景中的一尊雕像。

　　这么多年了，父女俩相依为命，春夏秋冬，寒来暑往。自己从一个不懂事的小女孩慢慢长大，成熟，成了一名名校毕业的医生。而父亲则慢慢头发变白，眼角起了鱼尾皱，却仍然慈爱。点点回忆从心里泉涌而出，这么好的父亲，怎么可能不是自己亲生的父亲，谁会对别人的孩子这么好。这里面一定有误会，如果父亲能够挺过这一关，一定要问个明白，做亲生儿女鉴定。她绝对不相信他们不是一对父女。

　　杜鹃沉浸在回忆里，心里为血型的事情纠结着，以至于Scott 走到她身边来时也不知道。看着杜鹃的眼角里挂着泪水，Scott 犹豫不决是不是要打扰她，手术已经做完了。他发现这个身着白大褂的住院医师非常的美丽秀气，阳光浴的肤色，东方女性不多有的双眼皮和微微上翘的细睫毛，一头齐肩的油亮黑发，特别是那双饱含泪水的褐色眼睛，天使一般让人陶醉。他轻轻搓着手，踌躇不前，显得有些腼腆，Scott 很奇怪自己有这种感觉。还是杜鹃自己发现 Scott 站在身边，不好意思地赶快抹去泪水。她站了起来，急切地向 Scott 询问手术情况。Scott告诉他，刘一鹤肋骨被撞断了几根，腿动脉裂开，失了好些血。好在内脏没有受太大的损伤，没有生命之虞，需要在 ICU

继续监护，这让杜鹃放心不少。Scott 让杜鹃留下手机号码，便于联系及时通报病情。就这样，他们第一次交换了各自的通信联络方式。命运常常微笑着在暗中操作，却以偶然不经意的面目出现。

第六章

刘一鹤从昏迷中醒来，微睁着眼看见杜鹃坐在身旁，心中欣慰。当他看见安静的屋子里各式仪器信号灯闪烁，回忆起了发生的车祸，原来自己在生死之间走了一遭，又回来了。杜鹃看见刘一鹤苏醒过来，向他报告说不要紧，需要在病房里观察恢复一段时间。刘一鹤小声问小女孩如何，杜鹃心头一热，感动父亲这个时候还想着别人。她对刘一鹤说小孩好好的没事，请放心。杜鹃指了指床头的一束鲜花，说这是小孩的父母送的，感谢他救了他们的女儿，刘一鹤艰难地笑了笑。大概麻药的原因，他没有感觉得太痛，但不能动弹，而且头晕。

这时 Scott 走了进来，查看各种指标。他告诉杜鹃说电视台想来采访刘一鹤见义勇为的事迹，因为刘一鹤一直昏迷，不便打扰，在外面等着，他问杜鹃要不要去接受采访。杜鹃回过头来看着父亲，刘一鹤微微摇头，杜鹃明白，告诉 Scott 说用不着了。Scott 回说好的，他给前台打了一个电话让电视台的人不必等了。Scott 收好手机，弯下身给刘一鹤听了一下心脏，让他多休息，安慰说恢复快的话大慨两个星期就可以出院。刘一鹤打量着这位年纪不大的英俊医生，他头发微微卷曲，脸孔好像有点东西方混血类型。这时护士过来换点滴液，杜鹃就跟着医生出去了。

　　在走廊上两人并肩走着，Scott 问杜鹃是哪所医学院毕业的。杜鹃回答说是 U Penn，不料 Scott 说自己也是从那里毕业的，原来两人是前后校友。让杜鹃没有料到的是 Scott 突然讲起了非常标准的中文。Scott 说看见他们父女有时用中文对话，知道他们是从中国来的。Scott 介绍自己的母亲也是从中国大陆出来的，父亲是白人，自己是混血。Scott 谈起了母亲从小就逼自己学中文，上中文学校，到了夏天还让自己参加去中国的夏令营。像许多中国父母一样，母亲从小就培养自己立志当医生。每次当人家真情流露地谈起自己的母亲时，杜鹃心里就有一种失落感，这次也然。据 Scott 说，他母亲当年当知青时偷渡到了香港，在那里结识了自己的美国籍父亲。Scott 是在香港出生的。知青，想不到这个闪耀的名词从刚结识的 Scott 口中吐出，又一次将杜鹃的心里照亮了，她知道自己父亲的许多同事也都是知青。父亲曾不止一次地讲诉他们那代人的艰难卓绝和勤奋往我，是一群不知疲倦积极向上的群体。杜鹃告诉Scott 自己的父亲也是知青，可能比 Scott 的母亲晚几年。一下子，这相同的父母经历像纽带一样将两人系在了一起，两人像同一棵树上结的果子，原来都是知青的后代，两人又多了一个共同话题。是啊，Send Down Youth，or Rusticated Youth，一个极具中国特色的时代产物以自己特有的方式登上历史的舞台。他/她们无处不在，到处都看得见他/她们的身影，随着他/她们遍布全世界的足迹，将自己的影响力扩散到世界的各个生活领域和角落。他们除了自己勤奋工作，还繁衍着后代，将自己的传奇延续下去。

　　两人用中文对着话，那感觉很奇妙，无比通畅，好像以前就认识，连路过的护士们都好奇地看着他们俩用异国语言交谈。交谈中，Scott自然而然地问起了杜鹃的母亲是做什么的。杜鹃神色有些黯然，告诉Scott说刚出生时，母亲死于难产，自己从小是和父亲一起长大的。Scott抱歉着请求杜鹃的原谅，然后两人陷入了沉默，因为他们都意识到了那尴尬的血型事件。

　　两个星期后，刘一鹤出了院。护士将坐在轮椅上的刘一鹤推下楼，来到医院门口。杜鹃开车已经等在了这里，见父亲出来，她赶忙招着手，打开吉普车的门，然后上前搀扶着刘一鹤慢慢上车。这时正好赶上Scott路过，他从另一边搀扶着刘一鹤的另一条胳膊。刘一鹤忙向他道谢，并说杜鹃已经告诉了自己关于他母亲的故事，以后如果有时间可以多聊聊。两个年青人相视一笑。不知为何，刘一鹤对这位细心热情，友好帅气的年青医生产生了好感。Scott 已经知道刘一鹤是这所医学院里德高望重的名教授，学术成就很高，因此非常尊重他，特别这次刘教授舍身救人，更是让自己看到了他身上无私无畏的高尚品德。从平时刘教授对杜鹃关爱慈祥的言谈举止中，Scott 感觉得出他是一个心地善良的长者，很难相信刘教授和杜鹃不是一对父女。否则，那真是大爱无疆了。

杜鹃开着车，刘一鹤贪婪地看着沿路人物街景一一闪过，感叹生命的珍贵。回到了家里，在鬼门关里走了一遭的刘一鹤看着一切都非常亲切。水仙花还婷婷玉立地开着，盆景曲翠幽枝，纤纤的兰花草舒展细叶，尽量展现出自己的新颜和欢姿迎接主人回来。这是个晴朗的周末，屋里亮堂明媚，丁一教授的太太月琴来帮忙，已经将饭菜做好了。见刘一鹤回来，丁一打趣道："老刘，看来当年文革的余毒在你身上残留很深呀。"

刘一鹤不解："此话怎讲？"

"记得文革那会到处都讲舍己救人的革命英雄主义，广播和书刊杂志宣传的都是这些，像什么欧阳海，刘英俊，金训华之类的事迹比比皆是，看来这些宣传已经在你身上根深蒂固了。当时你见卡车过来想都没想就扑上去，就像欧阳海扑火车一样奋不顾身。"

刘一鹤笑了，好像有点像这么回事。自己这代人无论如何都摆脱不了自己那个时代的烙印和理念。可是他并不觉得这些只有文革才有，人类本来就是善良的，换了别人也会这么做的。

月琴说："别光顾着说话，来，大英雄吃点东西，补身子要紧。知道你喜欢吃梅菜扣肉，我专门到中国超市去为你买了五花肉炖的。梅菜还是上次老丁从中国带回来的。"月琴一一将扣着的碗盖揭开，食物散发着诱人的香味，除了梅菜扣肉，还有粉丝木耳虾仁，红烧狮子头，天宫鲍鱼，龙王捻须。看得刘一鹤忍不住用筷子每样都尝了一点，非常鲜美，赞不绝口。

丁一在旁边问："要不来点酒？"

杜鹃为父亲挡住："丁叔叔，等他的伤恢复好了再说吧。"

"好的，好的。"丁一欲将酒瓶收起。刘一鹤看见丁一的兴致很高，说："我不喝，你们来吧，要不辜负了月琴这桌好菜。"

大家吃喝着，刘一鹤问丁一两个孩子的近况。月琴说："老大 Brian 在初中打冰球，最近进步很快，进了校队。就是太危险，想让他不打了，他死活不干。每次看他打球都心惊肉跳，心脏受不了。"

"孩子喜欢，应该让他打，培养他勇敢顽强的精神。什么时候他比赛通知我，我去为他加油。"刘一鹤说。

"都是让你们这帮伯伯叔叔惯的，没有办法。"月琴无可奈何地抱怨，他知道丁一常常拉着刘一鹤去看儿子的冰球比赛，为儿子助威。她转了一个话题，说："我那老二虽说是个女孩，可是比较野，像个男孩。想让她学项乐曲收收心，你小提琴拉得好，不知收不收徒弟？"

"你是说 Judy？"刘一鹤问。月琴点点头，一脸期盼，她把自己的女儿一点办法也没有，一个劲地调皮，收不住心。月琴这个想法也不是一天两天了，借今天这个机会提起，希望女儿能向柔性方面多发展一点。

刘一鹤很喜欢那个丫头，非常有个性，又聪明活泼。欣然说："好哇，这个徒弟我收了。什么时候开始？"刘一鹤虽然工作很忙，但一直拉小提琴养性。他和丁一一家常走动，所以对他们的小孩很熟悉。在杜鹃的成长过程中，丁一和月琴也关心帮过不少忙。特别是丁一写得一手好文章，杜鹃拜他为师，中文进步神速。

"看你。什么时候身体恢复了就可以开始了。"看着刘一鹤迫不及待的样子，月琴喜出望外，不过又有点不好意思，说："我也不想她拉出什么名堂，有个爱好就成。你和我家老丁一样是个大忙人，有写不完的论文和经费申请。不用太费心。"

"她可是个开心果，好材料，既然看得起我，我还求之不得。我把她当成自己的闺女来教，将来起码不会比我差。她还可以和我们的杜鹃学钢琴。不收钱的。"刘一鹤开心地呵呵笑了起来。

月琴心里乐开了花，马上说："那敢情好。"

提起杜鹃，丁一转向杜鹃问："小鹃子，实习医生当得怎么样？将来想干哪一科？"

杜鹃回答："我考的 board 是心脏科，将来做心脏科医生。"

"好哇。我们人年纪慢慢大了心脏难免不出毛病，这下好了，将来有依靠了，心脏有毛病就找小鹃子。老刘，你这个闺女有出息。我现在慢慢开始吃素，降血脂，尽量减低心脏的负担，还是不给小鹃子添麻烦的好。"丁一最近确实开始吃素，说完哈哈大笑。

席间，学校的好友牛教授马教授杨教授打电话来慰问刘一鹤的病情。听说刘一鹤回家了，一个个都开车过来看望负伤的刘一鹤。虽说脸色略显苍白，刘一鹤的精神不错，特别是看见好友来聚。众人欣慰，围坐在一起有说有笑，讲着各种有趣的事情，为刘一鹤分忧。热烈的气氛深深感染着杜鹃，从小杜鹃就是在这种环境里长大的。看着这群兴高采烈的叔叔们，杜鹃发现，只要在一起，他们免不了的话题就是谈论中国。酒过三巡，身体硕壮的牛教授说自己刚受聘中国的一所大学作短期长江学者，每年为期三个月。骨骼高大的马教授说自己也在考虑，有几所中国大学正向他摇橄榄枝，他向牛教授询问一些手续情况。杨教授自不必说，他去年就被中国聘为了长江学者，于是抢在牛教授前面解答马教授的问题。完了他们问丁一和刘一鹤有没有到中国去的打算。丁一说孩子们还小，现在正是需要大人督促的阶段，等将来孩子们大了再说。但是自己的实验室有一些和中国联合培养的学生和访问学者。他们中间只有刘一鹤和中国没有联系。

接下来大家的话题转到了几个月前发生的911纽约的恐怖袭击事件，因为这极大地影响到了大家旅行安全，特别是所有的行李都要检查，非常不方便。这时月琴提醒大家，刘教授需要休息了，以后再聊，大家才起身恋恋不舍地离去。

刘一鹤确实有点疲倦了，众人走后，他回到自己的房间。一进门，玻璃瓶里插着的一束亮丽布料杜鹃花立刻映入眼帘，玻璃瓶在窗外阳光的照耀下闪着晶亮的光点。花朵娇艳若仙，房间里显然洒了一些香水，是淡淡的杜鹃花香味，在浮光里溢动，刘一鹤微微愣在了那里，内心隐隐激动。女儿知道自己喜欢杜鹃花，这不是什么秘密，难得她心思慎密，为自己想得周到。床单被褥收拾得非常整洁清爽，刘一鹤慢慢躺在床上，闭上眼睛，满屋熟悉的杜鹃花香水味让他又回到了往昔的岁月，时空回转，情思莹然，一滴泪水情不自禁地从眼角淌流出来，那些隐藏在记忆深处的美丽画面像万花筒一样变幻着，这么多年了，还是那么令人回味。

　　刘一鹤第一次看见杜鹃花是他下乡后的第一个春天，记得那时漫山遍野开得到处都是。早春的翠绿丛中，杜鹃花一片片像彩霞卧坡，华丽溢彩，透着掩饰不住的喜悦，逗引得布谷鸣唱，山谷里委婉清脆。插早稻的季节，山坳的水田里寒冷刺骨，大家都穿着棉袄在田里弯着腰插秧。刘一鹤打着赤脚挑着担子，负责将秧苗从苗圃往田里送。当他挑着秧苗在田间地头奔走时，呼吸着山间的新鲜空气，感觉像在画中行走。

　　老远刘一鹤看见杜鹃在一片地里身姿优美一起一伏地插着秧，他将担子撂下，将秧苗一撮撮地甩向杜鹃的身后，溅起一片片水花。杜鹃直起腰身，向着刘一鹤嫣然一笑，春阳照在她年轻红润的脸上，抹上一层辉光，让她身后的杜鹃花顿然失色。这个命运多舛的女孩以自己特有的魅力和灿烂青春装点着春天，让刘一鹤看得发呆。不知怎地，杜鹃能感觉得到刘一鹤最近老是用一种异样的眼神看着自己，不免脸上羞红，她微微地低下头，那双黑油油的大辫子又滑了下来垂在胸前。他们没有意识到其实这是爱情的种子已经悄悄地在心中慢慢生根发芽了。

　　经过几个月的插队劳动，刘一鹤已经粗通农活，他可以自己做饭了，不再在杜鹃处搭伙。收工后吃过晚饭，寂寞难耐，有感于山间夜色美丽，刘一鹤拿起他那把心爱的小提琴来到屋后，用一双已经磨起了薄茧的手对着月光下隐然若现的杜鹃花拉起了贝多芬浪漫小提琴曲。月光融融，琴声悠悠，刘一鹤沉浸在自己的琴声里。像以往一样，琴声让他暂时脱离了烦恼，随着音符飘向那虚无的美好境界里。琴声里他仿佛看见眼前的杜鹃花在翩翩起舞，里面幻显出杜鹃那迷人的笑容和劳作身姿，那里面参杂着她在众人面前挨批斗的场景。这个世界有自己太多不明白的事理。

当他拉完了小提琴抬起头来时，惊讶地发现杜鹃就站在不远处的月华里，手里捧着一束杜鹃花，满脸留着泪。在袅袅的余音里，杜鹃走了过来，将花递上说："放了工采的，给你。拉得这么好听，你一定是个仙人下凡。" 杜鹃美丽的大眼睛充满了羡慕，里面反射着细碎月光。

刘一鹤将杜鹃花接过来，放在鼻下闻了闻，说："其实你才是天仙下凡。凡间是找不到你这样的人儿来的。"

杜鹃眼睛里出现了少有的忧郁表情，"我只不过是一个苦命的女子，哪能和天仙比，做梦都希望来生能生个好人家就不错了，不受这许多的苦。"月光下杜鹃满目凄美。

刘一鹤内心怜悯，"为什么不珍惜今生呢？你心好，会有好报的。"刘一鹤说着手忍不住握住了杜鹃满是老茧的手在自己手中抚摸着。

"你看我现在活得有个人样吗？哪有尊严，谁都可以在我身上踩上一脚，也不知前世做的什么孽。"杜鹃抬起双眼看着刘一鹤，像暗淡的天星。

"我不也是右派子弟吗，但我有自己的尊严，我们要瞧得起自己，不能向命运低头。"

"你是外乡来的人，终归有一天你要离开这里的。不像我，一辈子在这里受罪，永远没有个出头的日子。"

"这个世界上有我，我把你当人，我给你尊严。"刘一鹤突然觉得自己有点冲动。经过劳动锻炼，刘一鹤壮实了不少，胸脯上面已经有了一些结实的肌肉。杜鹃看着那起伏的肌肉，忍不住将脸贴了上去。她感觉得到肌肉的坚实，听得见带有体温的肌肉下面心脏在匀实地跳动，她闭上了眼睛喃喃地说："这是我一生中第一次听人这么对我说。"

第七章

医学院里有个锻炼身体的大场馆，在这里工作的人都可以来这里免费锻炼身体。杜鹃平时喜好运动，下班后常来这里锻炼。这天她正在跑步机上跑步，发现 Scott 也来了。Scott 向她友好地打着招呼，在她旁边的一架跑步机上面跑了起来。杜鹃取下耳机，两人一面跑一面聊着天。Scott 问杜鹃的父亲恢复得怎么样了，杜鹃说不错，再有一两个星期就可以上班了，并再一次地感谢了 Scott 对父亲的照顾和医治。Scott 说这是我们当医生的职责，不必谢，说着 Scott 偏头对杜鹃一笑。

Scott 问杜鹃平日里都干什么。杜鹃告诉他自己喜欢弹弹钢琴，周末在外面登山跑步，还喜欢旅游。

"噢，看来我们有太多的相同之处。我经常到南边国家公园的大山谷去野外足游，有没有兴趣同去？"Scott 邀请着杜鹃。

"好哇，什么时候？"杜鹃用毛巾擦了一把脸上的汗珠，只要有机会，她喜欢去大自然享受野外的自然风光。

"我一般每两个星期都会去一次。那里有山有水，空气新鲜。"Scott 回答。

在跑步器传送带有节奏的响声中，在汗水涔涔的步伐里，两个人计划起登山事宜，两颗年轻的心在一起碰撞。

锻炼完了，两人都要回家，从训练馆出来，天色已经微暗。他们背着行囊在门口挥手道别，一个向东，一个向西，各自消失在流光溢彩的大街人流里。

刘一鹤这几天从杜鹃的眼睛里读出了她的迷惘和彷徨，里面有一些自己从来不曾认识的东西。她想笑，可是笑得有点不自然，她想和自己亲热，可是目光刚接触就有点躲闪。有时刘一鹤清晨起来，发现杜鹃一个人站在楼下窗前对着外面的景色发呆。凭着刘一鹤的直觉，在自己受伤的这段时间里，女儿一定遇到了一些事情，在她心里造成了阴影。刘一鹤当机立断给丁一打电话，自己受伤那天丁教授在场，说不定会知道一些情况。

　　"喂？"丁一接起电话。听了刘一鹤的询问，丁一沉默了片刻，就将那天献血的事情和盘托出。"老刘，这是怎么回事呀？"丁一也发出了自己的疑问。以他对刘一鹤的了解，刘一鹤不会干出格的事情。

　　"明白了。这事以后向你解释。"刘一鹤谢了好友的直言相告。他挂上电话，知道自己该是面对一切的时候了。本来他想一辈子将事情的真相瞒下来，不给杜鹃心里造成伤害，完成她母亲的嘱托。既然她已经有了怀疑，就没有必要再隐瞒真相，躲躲闪闪只会对她造成更大的伤害和互相间的不信任。看来自己和她都需要用极大的勇气去面对命运的安排，这对两个人都是一个极大的考验。命运这玩意你想躲是躲不开的，刘一鹤心中这么想，他陷入了沉思。

　　星期五的晚上刘一鹤烧了一壶上好的咖啡，在客厅里他将杜鹃喊到沙发边让她坐下，无限怜爱地看着她那张和她母亲一样娟秀的脸庞和美丽大眼睛，说："鹃，今天我想告诉你一个和你有关的事情。当你了解了事情的真相后，希望你不要太悲伤，让我们一起度过这道难关，好不好。"

　　尽管刘一鹤的声音很柔和，杜鹃也有些思想准备，心里还是微微颤抖了一下，原来真的有故事。自从知道自己和刘一鹤可能不是父女关系后，杜鹃这些天内心里一直煎熬着。她多次想向刘一鹤询问，但是看见他伤成那个样子，哪还开得了口。慢慢自己想通了，这么好的父亲，就算不是亲生的，那又何妨。他对自己的付出，恐怕比亲生父亲还要多。刘一鹤的父亲形象在自己的心中一直是高大的，像山一样伟岸挺拔。他是自己的支柱，有他在身边，自己就有了安全感，很难想像失去他后自己还怎么能生活下去。他的胸襟更像大海一样宽阔，自己就像是一只小船在上面航行，没有这海水载着，自己恐怕哪里也去不了。遇有事情，那里就是自己最好的港湾，让自己歇息安顿。父亲恩泽无边，自己的一切都是父亲给的，自己不能没有这么好的父亲，不能不能不能。但是杜鹃内心里免不了又想知道事情的内情和原委，看来自己出生之前一定发生了许多惊天动地的故事。刘一鹤是怎么走进自己的生活的？他和母亲是什么关系？如果他真不是自己的父亲，他为什么要收养自己？还有更严重的问题，自己的父亲到底是谁？他是生是死？为什么不抚养自己？这一连串的问号让杜鹃彻夜难眠，辗转反复，如何能放得下。这些天早晨化妆时，她看见自己的眼圈附近有了一层淡淡的黑色晕圈。

　　杜鹃看着慈爱的父亲今天一脸的严肃要和自己谈话，心中既兴奋，又害怕。从父亲的表情看，他大概已经知道了自己知晓血型的事情。父亲一向磊落，坦坦君子。他一定是来解答自己心中疑问的，自己这些天来的表情一定让他看出来了什么。她不知道等待自己的会是一个什么样的真相。

"丁一叔叔已经将验血的事情告诉了我，我们血型不合，我不是你的亲生父亲。"刘一鹤平静坦白地说。他顿了一下，亲切地笑了一下，接着说："不过我为有你这样的女儿骄傲。我想如果你的母亲还活着，她也一定会为你骄傲的。"

杜鹃终于等来了残酷的真相，泪水马上奔涌了出来，尽管早有心里准备，但还是难以接受，她马上拒绝："不，这不可能。不是这样的！告诉我爸爸，你在和我开玩笑。"

"你要冷静。这个秘密我隐藏了二十多年，是我的不对。这个周末我想将所有的事情都告诉你。有一点你应该清楚，所有的一切都不是你的错。每个时代都有各自的悲剧发生，我们不能因为他人的过错而责备自己。你还年轻，路还长。"刘一鹤不无担心地说。

杜鹃绝望地看着刘一鹤，这时她觉得他有点残酷，为什么不能像小时候一样体惜自己，哪怕将真相掩埋住。"爸爸，你能不能不告诉我这些。"从刘一鹤的话语里，杜鹃已经领悟到了一个残酷的事实在等着自己去接受，自己将要向自己纯洁的过去道别，变得体无完肤，遍体鳞伤。

刘一鹤说："如果我不告诉你事实的真相能让你高兴，我当然愿意这么做。但是孩子，既然你已经猜到了一些事情的真相，如果我不将真相全盘说出，你能好过吗？我想这种折磨一定会让你更加痛苦。"

　　"毛妈妈是不是也知道这件事情？大家都瞒着我。"杜鹃委屈地问，她突然明白有更多的人参与其中。

　　刘一鹤点点头默认。片刻，他说："要不我们改天再谈这个话题，让你有时间充分思考一下。如果你愿意，将来让毛妈妈来告诉你也行。"说完，刘一鹤起身离开了房间回到书房去了，留下杜鹃一个人。

　　客房里灯光晦暗，往日温馨的家这时让杜鹃觉得有点冷和寂寥，她忽然觉得非常的孤独无助，像一只正在春和日丽的晴空里自由飞翔的小鸟突然遇到了一场大冰雹，晕头转向。原来自己一直生活在一种虚幻里面，享受着不真实的美好世界，一场车祸将这一切碾压得粉碎，和自己非常亲近的人一下子变得那么的遥远，陌生，模糊。他们为什么要隐瞒这一切？厚重的大门后面到底隐藏着什么不可告人的秘密？杜鹃就这么呆呆地坐在客厅里一动不动，思绪像岩浆奔腾翻滚。窗外的太白星在夜空里习习闪光，仿佛自己日思夜想的母亲有话要对自己说。妈妈，要是你能亲口对我说该有多好。

　　第二天清晨，一夜没睡好的刘一鹤听见轻轻的敲门声。他打开房门，看着一脸憔悴的女儿杜鹃，她眼睛里含着泪花。刘一鹤心疼万分，知道她受苦了。杜鹃也看见刘一鹤眼睛布满了血丝，知道父亲和自己一样一晚上未眠。一夜之间，他突然衰老了许多，容颜憔悴。她在心里责备着自己没有让他昨天夜晚将事情说出，平添了些许愁绪和焦虑。

"爸爸，早餐准备好了。吃完了早餐我愿意听关于我的一切。"杜鹃歉疚地说，脸上露出了坚决和渴望的神色。

刘一鹤的心放下来了。他知道经过一夜的炼狱，杜鹃想通了。他握住杜鹃的手，两人尽显亲热地下楼来到了小餐厅的红木桌前。早晨的阳光洒进来，晨鸟的啾鸣从窗子透进来，清脆好听，新的一天开始了。不管世界曾经、现在、或将来发生了什么，时空永远都不会停止脚步，一切都会重新开始。两人享用着西式早餐，牛奶加面包，果酱和水果。他们并没有立刻进入话题，而是像往常一样谈些各自的见闻和生活琐事，顾左言它。他们心里都明白，一旦事情摊开，他们之间的这种和睦关系就会不一样了，再也回不去了。因此两人格外珍惜这顿早餐时间，刻意尽量将两人原有的关系延长挽留住。

吃完早餐，他们来到四面都是纱窗的阳光屋，坐在舒坦的厚重沙发上。纱窗外各种花卉欣欣向荣，各种花香透过纱窗飘透进来，和阳光参杂混合在一起。杜鹃用沏好的茶壶为刘一鹤倒了一杯清香茶水，静静地看着刘一鹤，等他开始。刘一鹤依旧用爱怜的目光看着杜鹃，这个自己一手带大的女孩。他的心情这时异常的沉重。这个一直接受着美国教育和价值观的年轻人，不知会如何看待自己生父对母亲犯下的不可饶恕的罪行，而她自己却是这段孽缘的结晶。这段孽缘曾经毁了母亲杜鹃，该不会再毁了女儿杜鹃吧。刘一鹤平抚了一下额头，尽量用平缓的语气叙述那并不算太遥远的往事。这段往事是他心中一块永远也不能痊愈的伤疤，它是那样的刻骨铭心，美好而凄婉，痛苦而甜蜜。刘一鹤一直以来刻意地避免回忆这段往事，将它埋葬在心底深处，永不见天日。但是今天自己却不得不一层层地将这段伤疤再一次血淋淋揭开，和一个最不该知道的人分享。这段发生在文革时的血泪往事将再一次伤害两个深受其害、却又生活在幸福之中的无辜人。

刘一鹤终于开了口："我和你母亲相识是我当知青的时候，那时我们都很年轻。我十七岁那年从省城插队落户到了你母亲生活的那个地方，是一个山区，解放前富甲一方。你母亲的家曾经是那里的大户，书香门第，有许多属于自己的房子，田地和山林，非常有钱。据当地人讲，你母亲家有几百户佃户，就是为你母亲家种地和看护山林的农户。这些人本来都是外乡人，灾荒年间逃荒要饭到了那里，接受你母亲祖辈们的接济和收留，然后住了下来为你母亲家打长工，后来都成了你们家的佃户。你们家一直是个读书人家，听说祖上还出过几个举人和秀才，就是非常有学问的人。

"后来共产党建立了政权，在那里闹土改，分田地，你母亲的爷爷被划分成了地主。那些曾经受过你母亲家接济和帮助的佃户们，又叫贫农，收缴了你母亲家的财产，山林和田地。当时的说法叫着'穷人翻身闹革命'。你母亲一家成了专政对象。"

　　"什么是专政对象？"杜鹃不解地问。

　　"就是以前很有钱，后来被打倒的地主和子女。他们一下子一贫如洗，一切都要听从贫农的安排，干繁重的农活，有病不能医治，而且经常还要接受批判。就是下等公民。"

　　"这不是恩将仇报吗？"杜鹃一脸疑惑。

　　"当时全中国都是这样。听说你母亲家本来有几十口人，我插队去那里时，就只见到你母亲一个人了，孤伶伶，无依无靠。"

　　"其他人呢？"

　　"都死了。听说刚解放时你母亲的几个叔叔被农会给活活打死了。后来五九年闹饥荒，你母亲一家就饿死了三十多口，其中包括你外公外婆。那时你母亲刚出生不久，所以从小她就是一个孤儿，她上面还有一个哥哥，两人由她的爷爷，也就是你的曾姥爷带大。"

　　"怎么会这样呢？"

　　"这就是历史书上讲的阶级斗争。一个阶级为了巩固自己的政权而消灭另一个阶级的暴力行动。这种消灭包括精神上的和肉体上的。"看着似懂非懂的杜鹃，刘一鹤觉得这些曾经耳熟能详的名词这时讲起来非常地费力，历史的车轮飞快地旋转，世界已经面目全非。他突然非常羡慕杜鹃这一代人，没有沉重的历史负担。

刘一鹤继续讲："你曾姥爷满肚子学问，非常喜欢你母亲。尽管生活艰难，还是在家里悉心教你母亲和你舅舅识字背书。"

"我母亲他们没有上学吗？"母亲的一点一滴杜鹃这时都想知道。

"因为是地主子弟，你母亲他们一直不让上学，在家务农。"刘一鹤如实回答。

"歧视！"

"对。可是没有办法，那个时候中国就是这样。不过你母亲非常聪明好学，在你曾姥爷的教育下，学习非常好，比那些上学的贫下中农子弟优秀许多。我去的时候，她能背许多的古书，特别是书法，写得一手好字。等我讲完了你母亲的故事，我会让你看你母亲的字迹。"

"当真？"杜鹃听见此话立刻睁大了眼睛。

刘一鹤点点头，"字迹我保存了二十多年了，也该还给你了。要是没有这场车祸，也许我会保存一辈子。唉，看来这是命运的安排。"

"再后来呢？"杜鹃急切想知道。

刘一鹤接着说："再后来你母亲的爷爷和其他亲戚包括你舅舅都先后病死了，就剩了她一个人。"刘一鹤看到泪水开始在杜鹃的眼睛里溢出。"我下乡第一天就见到了你母亲，虽然苦难深重，却情绪乐观，根本看不出来她有什么忧愁。你母亲长得非常好看，就像你一样。我刚下乡时不会做饭，就在你母亲那里搭伙。是她手把手教我做饭，洗衣和干农活，从小的苦难经历把你母亲锻炼得非常能干，心地善良。要是没有她，我不知道自己会是个什么样子。"

"你喜欢我母亲吗？"这段时间杜鹃心里一直有个疑问，忍不住问了出来。当她知道刘一鹤和自己的母亲并没有结婚时，心里做出过许多设想。她想知道刘一鹤和母亲之间的一切一切，这个迷非常吸引自己。刘一鹤既然愿意为了母亲承担养女之恩，他们一定有过一段不平凡的过去。

"喜欢。"刘一鹤毫不犹豫地坦承，放开眼光看着窗外的一片彩云，杜鹃熟悉的那种异彩又在刘一鹤的瞳孔里出现了。"我们曾经是一对恋人，山盟海誓过，要不是以后发生的不测，我们会结婚的。"

刘一鹤滔滔不绝地向杜鹃讲起了他和杜鹃母亲之间的青涩初恋。往事如烟扑卷过来，把刘一鹤，也把杜鹃掩埋进了对往事的回忆中去。

第八章

　　插队后不久，刘一鹤还在杜鹃处搭伙。有一天两人干完农活正在忙着中饭，外村的一个年长老汉上门来找杜鹃，手里拿来笔墨和红纸求写对联。原来他儿子要结婚。正在做饭的杜鹃满口答应，她停下手中的活，用两只手在围裙上抹了抹，接过红纸铺在不大的饭桌上。老汉拧开墨瓶，毕恭毕敬地双手将毛笔呈上。杜鹃接过毛笔，在水缸里舀了半碗水，先将笔头润开，然后用手将笔头的水挤干。她问老汉写什么？老汉说你家学渊远，给想一个。杜鹃含笑偏着头，略一凝思，将毛笔在墨瓶里饱蘸墨汁，显得胸有成竹，非常老练地在红纸条幅上运腕。老汉在另一头随着杜鹃的笔势微微挪动纸张，对联一气呵成。条幅上面写道：

　　　　海枯石烂同心永结
　　　　地阔天高比翼齐飞

　　写完杜鹃将毛笔搁在碗沿上，让老汉看行不行。刘一鹤在一旁看着那遒劲清秀的正楷毛笔字，浓墨湿亮，功底很深，心中惊讶那双干农活的手如何写得这般漂亮的毛笔字。他忍不住抬起眼来看杜鹃，正好和她的四目相对。老汉直咧嘴笑夸道："好，好！和你爷爷一笔相承，字非常像。你们老杜家的这点笔脉终于没有断根哪。想不到你这小小女流之辈，竟有这般本领，让老夫开眼了。听方圆几里地的人传说你的毛笔字写得好，我起先不信，眼见为实。能不能再为我写个横批？"

杜鹃应邀写下：革命夫妻。

大家等着墨迹晾干，老汉点燃水烟袋抽了起来，然后忍不住聊开了。"知不知道，我的结婚对联也是你爷爷写的。托他鸿福，我现在儿孙满堂。"老汉摸着胡须眯缝着眼遥想陈年往事。"不光是我，我们这里方圆几十里地每当遇有红白喜事都请你爷爷写。真是一个好人呀，他写字一文钱也不收，说博取大家一笑即可。据说当年他的文采惊动了县长，县衙府的厅堂牌匾都请他写。你们家当年是大户，遇有灾荒年，你爷爷就在村口驾一口锅熬粥，接济四乡逃难灾民，福泽乡邻。那些忘恩负义的王八羔子不念你们家的好，反而整得你们家破人亡，好端端一家人，就剩你了。"老汉说着说着唏嘘起来，一口烟呛得他直咳嗽。

杜鹃听了这些有点吓坏了，忙劝阻道："老伯，小声点。谢谢您念叨我们家的好处，可是要是旁人听了，我担当不起呀，要大祸临头的。"

老汉这才认识到自己说漏了嘴，"好，不说，不说。可是人心都是肉长的，好好的活着啊，闺女，以后逢年过节，我还来找你写字。"老汉收拾好了红纸条幅，将一包腊肉给杜鹃，说：“这年头什么也没有，这还是开年杀了一头猪留下的。”

　　杜鹃忙推脱，“大叔，留着给您儿子结婚用吧，这礼太重了，承受不起。”

　　“哪里，你现在艰难，没人照顾，补补身子。你爷爷要是看见你这样，还不知伤心成什么样子。”

　　老汉摇着头走了，杜鹃却再也没有心情做饭，一个人坐在床沿上抹泪。过了一会她对刘一鹤说：“你能不能给我拉一段二胡‘白毛女’？”

　　刘一鹤知道她伤心，劝道：“算了吧，吃完饭我们还要出工。晚上我给你拉。”这一天刘一鹤第一次一个人将饭做好端给杜鹃，两人默默将饭吃完。

　　下午他们去了邻村的一个牛棚。队长分派给杜鹃的任务是到牛棚里起牛粪，然后各家各户派人来将牛粪挑到各自包干的地里为农田施肥。从牛棚里将牛拉的大粪挖出来，是一件又脏又累的体力活，地富子弟杜鹃自然逃不过这项特殊照顾，非她莫属。各家各户的壮实汉子和大姑大嫂挑着担子来到牛棚前，杜鹃一双脚踩在牛粪里，将牛粪铲起放进担子里，满了后各人挑走。刘一鹤的任务是站在一旁用一杆大秤秤牛粪，然后做好记录。牛粪又湿又沉，而且非常沾粘铁锹，不太容易放进担子里，杜鹃有时不得不用赤脚将牛粪蹭下去。大家都捂着鼻子，刘一鹤也觉得奇臭难闻。看见杜鹃一丝不苟，孤零无助的样子，刘一鹤的心里特别难受。刘一鹤要和杜鹃换手，杜鹃不干，她说刘一鹤干不了这个。她用一条毛巾围住鼻子遮住臭味，对刘一鹤说自己的命就这样，下贱，不相干。

　　刘一鹤不愿看见如花似玉的杜鹃干这脏活，却又拗不过杜鹃的执意不肯。杜鹃其实心里舍不得刘一鹤，那双拉小提琴的巧手，如何可以干这下贱的事。自从那天晚上两人以琴为媒，以花为鉴，开启了情窦，彼此心中开始了爱恋，因此上互相都有了照顾对方的想法。两人正推推让让，队长这时来挑粪，好像看出了一点什么名堂，在一旁酸不溜叽地说："右派知青，你们俩现在是臭味相投了啊。"他为自己的文采和发明创造得意，奸笑了起来。

　　两个人光顾了互相谦让，没有注意到队长站在一旁，于是停止了争抢。队长声色俱厉地叱喝道："杜鹃，你还不老老实实，好好劳动改造，和下乡知青拉拉扯扯是不是玩美人计。"

　　杜鹃的脸一下子羞得通红。刘一鹤听了心里觉得特别别扭，分辩道："也就想换换手，干嘛上纲上线？"

　　"你也不是什么好东西，右派知青，当心老子不让你招工。"看见刘一鹤居然顶撞自己，队长心中不爽，恼羞成怒，祭出了杀手锏。其实他心里对杜鹃有意，如花似玉的美人儿，哪有不垂涎的道理。无奈阶级成份不同，像一道鸿沟相隔，自己又是一个复员军人，不能将地主女儿杜鹃攫为己有，否则丧失了阶级立场，更何况他现在正在申请入党，所以队长也有自己的苦恼。讨厌的是小时候父母为自己定了一门娃娃亲，邻村的一个丑妞，而且没文化，看着就恶心。在外面当兵时见过许多时髦女孩，让他对择偶有了高要求和想入非非，那些在大街上穿着花裙子的城里女孩们让他神魂颠倒。回乡务农后看见杜鹃的美姿美影心里一亮，像乌鸦群中的一只孔雀，符合自己的想法。他时不时在杜鹃面前摆威风，甚至有点变态虐待心理，下意识里却是想掩盖自己心中的爱慕、烦恼和失意。他这样做的目的是时时提醒杜鹃的注意力要放在自己身上，自己主宰着杜鹃的一切。当然他这样做只会给自己加深痛苦，杜鹃除了畏惧自己，自己想要的东西她一样也不会给，那么好的胴体，那么漂亮的大眼睛，那么粗黑的辫子，那么好的。。。。一切，末了心里还是空空的。只要有机会，他就喜欢偷偷地远远地看着杜鹃干活，平日里刘一鹤和杜鹃的亲近自然尽收眼底。有时他想，如果自己是个地富子弟多好，那样他就可以和杜鹃门当户对了，可以像刘一鹤一样和杜鹃在一起谈笑自如，不必忌讳。每当他看见杜鹃刘一鹤在一起时，心里就妒火中烧，有点后悔当初将刘一鹤交给杜鹃。今天他在山岗上看见他们俩惺惺相惜，气就不打一处来。本来他的意思是想整整这两个人的，结果反倒让他们俩上演了一场黄莲苦胆同甘共苦的表演。于是他就装模作样也来挑牛粪。

　　这厢刘一鹤平日里早已看不惯队长对杜鹃的刁难和欺压，中午老汉述说的往事又在心里打着结，再加上队长直接威胁，一股热血上涌。妈的，一股粗野之气从他那一向文雅的躯体里窜了出来，"你不让老子招工，老子还不走了。"插队以后，刘一鹤的身上添了不少野劲。

　　"哟哟，是不是想在这里招亲了。"队长一脸邪意，内心醋意十足。

　　"你怎么说话，招谁的亲。你他妈的嘴放干净一些。"刘一鹤惊讶自己居然粗话喷口而出，两人有点掐上了。前不久公社知青聚会，听说有几个知青受不了刁难，和生产队长打了架。有个知青的口粮被队长克扣了，拿了一把斧子成天找队长算帐，把队长家的狗给砍了，吓得队长直作揖，后来这个知青的情况改善了许多。于是知青们得出了一个结论，乡巴佬欺软怕硬，反正自己一无所有，闹它个鸡犬不宁。大家商量好了，在这穷乡僻壤要团结起来，如果谁要是受了欺负，通知一声，一起报仇闹事。还听说以前的老知青们爱闹事的刺头都先招工走了，温驯的倒是留下了不少。不知是不是受这个影响，刘一鹤今天心里憋着一股邪劲，特别是听了队长用卡住不让招工作为要挟，更印证了听来的不假，自己平日里太老实了。

　　"怎么，想和贫下中农打架。"队长放下担子，开始挽袖子，咋呼咋呼的样子。想到有众知青在后面做后盾，再想到如果自己一味退缩日子恐怕更难过，刘一鹤豁出去了，手把秤杆一扔，却将秤砣攥在手上，也摆开了架势打架。

刘一鹤身后的杜鹃心中又惊喜又害怕。惊喜的是自己从来逆来顺受，受尽人间侮辱，平生第一次有人为了自己打抱不平。怕的是队长会对自己和刘一鹤报复，后面不好收场。她劝刘一鹤放下秤砣，不要打架。杜鹃的劝架，反而对刘一鹤是一种激励，杜鹃那担心受怕的弱女子声音刺激着他的感官神经，让他觉得自己更要挺身而出保护这个政治地位低下的弱女子，堂堂七尺男儿的血气直往上涌。另外在潜意识里刘一鹤有种要摆脱自己这些年来积压在心里的郁闷和愤慨。这时他不光想到了自己，更想到了父亲，想到父亲被打的情形。他要将这些积蓄在心中的负能量释放出来，让自己有种解脱，活得坦荡，来点豪气。刘一鹤以前一直持一种与世无争的态度，冷眼旁观。今天他突然想改变这一切。所以刘一鹤一点也没有退让的意思，一脸无惧无畏的样子。妈的，不就是不让招工吗，他心里想。

队长有点吃惊一向不惹事的刘一鹤一改往日的态度，看见了他眼里的血性和嗜斗。刘一鹤手中的铁疙瘩让队长心里发怵，队长脑子里出现自己脑袋开花血流满面的情景，眼里开始现出了一丝胆怯，正好被刘一鹤捕捉到了。邻队队长被知青痛打的事情他是知道的，在公社生产队长的会上通报过。公社书记让生产队长们注意方式方法，不要有意为难知青。县里来的知青办主任也说让各生产队体谅知青们的难处，他们远离父母来接受贫下中农的再教育，要多从正面入手，如果有故意克扣知青的现象当严惩。

正在相持不下的时候，其他人来了，将他们两人劝了下来。队长就势下台，不过临走时恶狠狠地盯了杜鹃一眼，让杜鹃不寒而栗。

太阳下山时分，杜鹃和刘一鹤终于将牛粪的活干完，两人来到一个避静池塘边洗身上又脏又臭的牛粪。刘一鹤干脆跳进开满荷花的池塘里，他摸到荷花旁，学着当地人用脚在下面淤泥里探索藕根。一旦发现下面有藕，一个猛子扎下去，过一会就将一节白藕举了起来。刘一鹤喊杜鹃接住，随后就将藕节扔上了岸。牛粪洗净后的杜鹃清新脱俗，夕阳里满脸生辉，让刘一鹤想起了出污泥而不染的荷花，心中不由感叹这个苦命的女孩，命运再怎么折磨她，却改变不了她的天生丽质。刘一鹤突然来了奇想，他钻进了荷叶田田的荷花丛，人不见了。

杜鹃正在洗藕节，突然发现远远的水面上有一朵盛开的粉色荷花在荷茎的相托下向自己漂浮过来。那朵荷花下面不时有气泡冒上来，她笑了，知道是刘一鹤在水下捣鬼。到了跟前，刘一鹤口含荷茎头顶荷花冒了出来，将荷花递给杜鹃。杜鹃将荷花放在鼻下闻着。"真清香！"杜鹃说。

"你真好看。"刘一鹤站在水中望着美如天仙的杜鹃说。

杜鹃羞红了脸，"我的命只配和牛粪打交道，哪来的天仙。"刘一鹤从池塘里起来，他湿漉漉地来到杜鹃面前，将荷花插在了杜鹃的发鬟上。

杜鹃探头向水里看，水影中的自己果然像刘一鹤说的那样像天仙。她用手捂着自己的脸说："这不是我。"

"那是谁？一定是七仙女了。"刘一鹤笑着戏谑。

"我不配。"

"那谁配？"

"下一辈子吧，重新投胎做人，寻一个好人家。"杜鹃说着摘下荷花，用荷花掩住了自己的脸。

刘一鹤听出了杜鹃在哭泣。他说："哪用下辈子，这一辈子寻我就行了，反正我也是个右派子弟。黄莲加苦胆，正好苦上加苦。"

"你真的不嫌弃我？"荷花蒙面的杜鹃问。

"我喜欢你。"刘一鹤看着头脸埋在荷花后面的杜鹃有点情不自禁。

"你不回城？"杜鹃从荷花后面探出头来，依然泪眼摩挲，楚楚动人，眼神里却显出了欣喜。

"就在这里和你相守一辈子，生儿育女。"刘一鹤说，他确实这么想的，他喜欢杜鹃的朴实无华和美丽如仙，那男耕女织的生活令人向往。杜鹃羞得又将脸埋在了荷花后面，半天不肯将脸露出来。刘一鹤被她的娇姿美态弄得内心痒痒，他想和她面对面，而不是中间隔一朵荷花。

"告诉我，你的毛笔字为什么写得那么好？"刘一鹤突然问。

这一招果然灵验，杜鹃马上将头重新露了出来。"我爷爷教我的，就在这里。"

"就在这里？"刘一鹤不明白，看了看四周。

"我们家穷，买不起纸笔，我爷爷就常常带我来这里，摘下荷叶茎，教我在青石板上练字。"杜鹃活泼起来。

看见刘一鹤云里雾里的样子，杜鹃莞尔一笑，将手里的荷花从茎上去掉，就剩一根裸茎在手里。她站起身，用荷茎在池塘里蘸满水，在荷塘边一块块的青石板上开始书写起来，一边写一边说："爷爷说书法讲究书骨，也就是字的框架和笔画间的结构。用荷茎写，笔画间的比例一目了然，最适合写柳体。我爷爷最崇拜柳宗元，书道嶙峋劲峭，风骨傲然。爷爷选这里让我练字还有一个原因，就是这里青山环绕，荷花满塘，环境安静清幽，非常适合练字。爷爷说写字讲究意念，写字时头脑里要排除杂念，笔端方有春秋豪气。山接地气，荷莲清秀挺拔，写字也当如此。我三岁时就在这里对着荷花练习。在爷爷的指导下写了十年，爷爷才让我用毛笔继续练。爷爷三年前去世后，我继续来这里写。写字的过程中，爷爷教我认字识文，默写诗词。我的书本，就是这些青石板。"

　　刘一鹤恍然大悟，难怪杜鹃上午提笔写字时非常老练，气匀笔稳，字迹娟秀，荷韵悠悠，山气冉冉。他看着那一块块硕大的青石板心里仍存有疑惑，这些显然是人为之作，仿佛是有人故意放在这里练字用的。刘一鹤说出了自己的想法。杜鹃诡秘一笑，回答说："这是我们家的一个秘密，本不该告诉你的，确实如此。我家世代练习书法，刚才我说的练习方法，是祖上一个中过举人的前辈发明的。这种练习方法在我家已经相传了十几代了。这些青石板就是我家这位中过举人的前辈请石匠从大山里开采来专门为子孙们练习书法用的。从那以后，我家祖祖辈辈都在这里练习书法，身怀绝技。这里僻静，闲人很少来这里，外面的人都知道我家的书法写得好，却不知其然。"

　　一席点拨，刘一鹤听了内心感动，眼前这个受尽迫害和歧视的女孩原来家学如此深厚。刘一鹤对杜鹃刮目相观，多了一分尊重。尽管杜鹃生长在这大山里，刘一鹤一开始和杜鹃接触就觉得她身上有一种说不上来的大家闺秀气质，举手投足之间，一颦一笑之间，待人接物之间，温婉尔雅，内含明秀，让和她打交道的人享受如甘饴，慕然向往。在这个生产队里，刘一鹤明显感觉得出尽管大家迫于政治形势装模作样地批斗杜鹃，可是平日里却对她喜爱有加，并不有意为难她，当然几个队干部除外。生产队的人田间地头，村里村外，山前山后，背地里谈起她来都摇头惋惜，怜爱无比，而且越是上了年纪的人越是如此。他们有意无意中都流露出对她爷爷的怀念和敬重。杜鹃告诉刘一鹤当自己吃不饱时，门前经常会出现一碗粥，一个红薯，也不知是谁送的。

第九章

　　刘一鹤和杜鹃这两个难兄难妹在苦难中互相爱慕相亲相爱了，田间地头留下他们不少的欢声笑语。可是他们的阶级成份注定了他们的这段爱情会以悲剧结尾。

　　县里要修水利，搞大会战，让各个区抽调人力。区里将任务分配到公社，公社分配到大队，大队分配到小队。小队由队长带队，抽了几个男壮劳力，外加杜鹃。因为上水利有点补贴，是一个小肥差，按说轮不到杜鹃，这事让刘一鹤觉得蹊跷。而且队长也在里面，这就更让刘一鹤不放心了。他报名也要去水利工地，队长自然给挡了下来。

　　临走时，刘一鹤不放心，他来到了杜鹃的小破屋。刘一鹤说出了自己的担心，杜鹃却比较乐观，大概她从来没有遇到过这种美差。能够到外面去见见世面，对一个山沟里的女孩子是非常有吸引力的。杜鹃让刘一鹤将墙上的胡琴拿去帮她收藏好，整个房间也就这把胡琴值钱了。杜鹃用扁担挑着被褥和锅碗走了，刘一鹤的心也跟着走了。

杜鹃走后，刘一鹤到隔壁生产队去找毛娣。毛娣正在整理行李，她的生产队派她去水利工地。看见刘一鹤进来，毛娣颇觉意外。自从知道刘一鹤和杜鹃的恋情后，毛娣和刘一鹤的见面次数明显减少。她心中责备自己傻，放着文艺兵不当，跑来和刘一鹤插队落户，为的是让他回心转意。可是自己是剃头的挑子一头热，太一厢情愿。今天看见刘一鹤主动来找自己，毛娣心中还是很高兴，他很少主动自己上门。这个从小一起长大的腼腆男生现在已经壮实了许多，高高大大，脸上居然有了浅浅的硬扎胡须，尽管眼睛还是有些忧郁，却是比以前阳刚粗犷了许多。

前几天刘一鹤到公社供销社去用在石缝里抓到的蜈蚣换酱菜时，碰见毛娣生产队的一个人。问起毛娣时，那人告诉刘一鹤毛娣要去水利工地。刘一鹤今天来是因为不放心杜鹃，想找毛娣帮着照看一下。他也是犹豫了很久才这么做的，知道自己一直冷落着对自己热心不减的毛娣，不好求她。可是终究对杜鹃的担心盖过了颜面，狠下心来找毛娣。

看着刘一鹤进了门不说话，毛娣已经猜到了几分。她小时候在干部家庭长大，上学时一直是学生会干部，养成了一种宽容大度。

"是不是为了杜鹃的事？"毛娣先开了口。

刘一鹤点点头，"我不放心她，那个生产队长一直在打她的主意。你们俩现在在一起，希望你能帮我长只眼睛。"刘一鹤鼓起勇气说，不敢正视毛娣。

毛娣心中一阵酸楚，自己喜欢的人，却惦记着别人，自己还要为这个冤家照看这个别人，有几个女孩可以做到这点。毛娣就是毛娣，她将自己的伤痛埋藏在心底，爽快地同意了。毛娣不知在哪里读过这么一句话：如果你喜欢一个人，那么你就去为他做一切。

刘一鹤将一包酱菜交给了毛娣，说："这是给你们两人的，比较下饭。你们两个都要注意身体，干活悠着点，不要伤着自己。"

毛娣没有拒绝，在她的记忆中，这是刘一鹤第一次关心自己，尽管还有占别人便宜之嫌。"放心吧，不会有事的。"

不久上面来了指示，要在农村普及赤脚医生，每个生产队都要有一个。刘一鹤因为是知青，学问在生产队最高，大家于是一致推举他当赤脚医生，到公社卫生院去培训一个月。刘一鹤到了公社卫生院报到住了下来，和邻近生产队的赤脚医生们一起培训。其实也就是学习简单的包扎止血，认识中草药，如何配方治头痛体热，消炎驱寒，跌打损伤，蛇咬蚊叮之类的常见病。除了公社的卫生员教他们认中草药之外，一个老郎中教接骨头，县里的医生也来给他们讲解理论知识。一个月很快就过去了，刘一鹤过得很愉快，学了不少东西，感觉非常充实。学习结束后，刘一鹤挑着行李在崎岖的山路上往生产队走，沿路察看山林草丛中的花花草草，一一辨认。想不到以前不注意的东西，原来都是宝，可以药用。他一路走一路采，山崖溪边，石缝沟渠，到处都是，不知不觉他的担子里已经满是采集的中草药。到了山顶，他将担子歇下，坐下来休息，一面吃着干粮，一面欣赏风景，新采的中草药散发着清新的味道。放眼望去，只见天高云淡，满目苍翠，群山巍峨起伏。山风阵阵吹来，松涛入耳，心旷神怡。向下望去，生产队的各个自然村撒落在山脚下，村前的小池塘像碧玉一样点缀其旁。

　　当知青以来，刘一鹤第一次有机会仔细观看自己插队地方的全貌，原来凭般山清水秀。他不免又想起了杜鹃，想起了她那富足一方的大户人家，他们在这里世世代代休养生息，躬耕劳作，收租放贷，吟诗作画，人间小天堂。其实和杜鹃在这里生活一辈子，应该也是一个不错的生活选择，刘一鹤如是想。他不免又联想到自己的家庭，爷爷是解放前的大资本家，办实业救国。解放后三反五反时因为有人诬陷举报被镇压。后来发现是冤案，结果还是不了了之，好在这件事对从英国回来的父亲没有造成太大影响，得以在五十年代当上院长。当然文革开始后又有人翻出旧账，对父亲影响颇大。在时代的浪潮中自己的家，杜鹃的家如片片扁舟顷刻间翻覆，乾坤颠倒。想起自己的父母，也不知他们在五七干校怎么样了，大家天各一方，互相牵挂。

　　吃完了干粮正准备上路下山，忽然听到不远处的树丛中有响动，隐隐约约见一个人从小径上走来。走近了发现来人是个女的，头发凌乱地将脸遮住看不清颜面。她的衣衫没有扣好，随着缓慢的脚步一开一合，露出里面的内衣，形容邋遢。那人听见了刘一鹤发出的响动，微微抬起了头，结果两人同时怔住了，是杜鹃！刘一鹤看见了一双呆滞的眼睛和污垢的脸，那张脸看见他忍不住哆嗦痉挛了一下。刘一鹤被眼前的杜鹃模样惊呆了，他喊了一声："杜鹃。"马上跑了过去。

　　杜鹃听见喊声全身哆嗦起来，不等刘一鹤靠近拔腿就走。刘一鹤不知发生了什么，他跟着杜鹃在后面追，在一个山坳里刘一鹤终于追上了。刘一鹤拉着失魂落魄神志不清的杜鹃的胳膊，问她是怎么了。不料杜鹃一声尖叫："不要碰我，我脏。"然后奋力甩掉了刘一鹤的手，一个人大步向前奔跑。刘一鹤呆呆地待在原地，不解地看着杜鹃离去的背影。水利工地为期三个月，杜鹃才一个多月就回来了。一股不祥之感袭上刘一鹤的心头。他要问个明白。

　　撵到了杜鹃的小屋，房门被从里面插上，任刘一鹤怎么喊，杜鹃就是不开门。刘一鹤一直在门外守到天黑，最终黯然离开了。走在和杜鹃来来回回走过许多遍的田埂上，星光没有了往日的灿烂，四周的山峰这时看上去像巨大的魔影，让人窒息。杜鹃，你这是怎么了？刘一鹤在黑暗里跌跌撞撞回到了自己的农家，灯也不点，坐在黑夜里出神。他预感到自己的担心变成了现实。

从此以后，杜鹃一见到刘一鹤就躲，和她说话也不搭理，完全像一个陌生人。有一天刘一鹤看见去水利工地的队长和几个男劳力回来了，见了刘一鹤一个个低着头避开他的眼光。刘一鹤想到毛娣应该也回来了，于是就去找她。

毛娣前脚刚刚到家，后脚就见刘一鹤进来。她非常惊奇地问："你怎么知道我回来了，算得这么准？"刘一鹤两眼郁闷，眉心打结，遂将杜鹃的行为告诉了毛娣，问她杜鹃在水利工地到底发生了什么事。毛娣听了颓然坐到床沿边，咽了一口口水，向刘一鹤讲述了自己在工地上看到听到的一切。

因为河南林县修了一条人定胜天的红旗渠，报上广为宣传报道，县里的领导去参观后回来头脑发热，决定也修一条这样的水渠，把县里东边的水通过水渠调到西边并不干旱的地区，于是调集各个公社的劳力会战。毛娣他们到了工地后开山挖石，晚上一个公社的男人睡一个大屋，女人睡另一个小屋，毛娣和杜鹃的铺紧靠在一起。起先无事，慢慢地毛娣就看见生产队长一伙和杜鹃开起了黄色玩笑，不怀好意。杜鹃自顾干活，并不理他们。有一天晚上毛娣上厕所，黑暗里听见隔壁男厕所里有人说话，是杜鹃的生产队长和另外一个人用非常污秽的语言谈论着杜鹃，两人发出一阵阵淫笑，末了其中一个说干脆把杜鹃办了。回到房间后，毛娣在被窝里提醒杜鹃当心点，杜鹃说没事，他们以前在生产队时也这样。过了几天毛娣没有发现什么异常。可是突然有一天毛娣不见了杜鹃的人影，问她队上的人，都说杜鹃临时有事，提前回生产队了。毛娣信以为真，心想这下好了，庆幸杜鹃离开了这块是非之地。

现在听了刘一鹤的描述，毛娣觉得事情有点严重，"该不会发生什么事情了吧？我得去看看杜鹃。"说完就和刘一鹤一起往刘一鹤的生产队走。两人来到杜鹃的小屋，里面空荡荡没人。毛娣让刘一鹤先回去，自己留下来等。一直到了傍晚时分，毛娣才来到刘一鹤屋里。她摇摇头，说："她什么都不说，就是哭，好像受了很大委屈。也不理我。"

事情没有就此了结，因为杜鹃一天天大起来的肚子告诉了一切。在众人异样的眼光中，杜鹃就像一具行尸走肉，不和大家打招呼。大家也是心照不宣，背地里纷纷议论。奇怪的是队长从此取消了对杜鹃的批斗会，也不怎么安排她农活，听其自然。刘一鹤咬牙切齿，他心里开始明白是谁干的。队长见到他，老远就绕道而走，尽量避免他。毛娣也知道了，常来安慰刘一鹤，想着如何帮帮杜鹃，一个人孤苦伶仃的，她这时一定非常需要人帮忙。可是每次去，她还是拒人千里。

未婚怀孕，这在那个年代是奇耻大辱，道德品质败坏。这事没多久就让大队书记知道了，他跑到杜鹃那里将杜鹃训斥了一顿，问她那个野种是谁的，一个地主的女儿居然敢在外面偷男人，要严惩。吓得颤巍巍的杜鹃在万般无奈的情况下向他说了实情，大队书记惊得说不出话来，从此不作声，消失得无踪无影。和大队书记一起去的民兵连长本来是要将杜鹃法办的，知道事情的真相后也躲得远远的。但是这事暗地里却流传开来了，小队长脱不了干系。民兵连长时时觊觎着大队长的位置，在背地里放风搞鬼，因为小队长是大队长的亲戚。

有一天刘一鹤吃完了晚饭正在煤油灯下拨弄着杜鹃的胡琴，忽然听见门外有人小声呼叫。他打开门，见是杜鹃挺着个大肚子面有难色。刘一鹤赶快将她让进来，扶她在凳子上坐下。杜鹃声音非常细微地对刘一鹤说："我挺不住了，想将这个孩子拿掉。"刘一鹤知道杜鹃已经到了山穷水尽的地步，不得已才来求自己。

其实拿掉孩子早就是刘一鹤的想法。"好，我帮你。"刘一鹤现在是赤脚医生，还沾得上边。"明天我们就去开介绍信。"刘一鹤对杜鹃说。看着杜鹃那憔悴万分和瘦弱的身躯，刘一鹤内心里即难过，又欣慰。在最艰难的时候，杜鹃毕竟想到的是自己，没有任何亲人的她，将自己当成唯一可以信赖的人。

刘一鹤忽然听见杜鹃的肚子咕咕叫了起来，知道她还没有吃饭，于是马上开始忙着做饭。刘一鹤一面做一面想这一段时间她一定遭了许多罪，于是说："以后我到你那里去帮你做饭。自己不要动。"刘一鹤在灶前灶后忙活着，蛮像那么回事。火光照亮了刘一鹤的脸膛，他显得英俊伟岸，和刚来插队时赢弱的单薄身材大不一样了。想着以前两人甜蜜亲热的日子，杜鹃的眼泪忍不住流了下来。

"你不怪我吧？"杜鹃小心翼翼地问。

刘一鹤不解地抬起头来，"怎么会，你应该早点来找我。老是避着不理我，让人心里难受。"

"我已经是个不干净的人了，不想玷污你的清白之身。"

"告诉我，是不是队长？"刘一鹤突然问。

杜鹃点点头，"他们几个人按住我的手脚，让队长强奸了我。"说完杜鹃嚎啕大哭起来，身子不住地发抖。

"奶奶的。"刘一鹤只觉得周身的血液在狂奔，像洪水拍打着脑门。

"不跟你说，就是怕你找他们算帐，他们这些地头蛇会让你吃亏的。"杜鹃说，"现在我就想你帮我把这个孩子拿掉。你要是和他们拼命，我以后就不找你了。"刘一鹤想想也是，拿掉孩子是当务之急。他答应杜鹃不闹事。

第二天刘一鹤带着杜鹃找会计开证明，会计似笑非笑地问开证明干什么。刘一鹤说打胎。会计的色眼在杜鹃的肚皮上猥亵地转了一圈，摇摇头说可惜可惜，也不知他是什么意思。然后说这事他不管，二郎腿翘了起来，幸灾乐祸地将手抱在胸前不理不睬。

没有办法，刘一鹤和杜鹃商量着先去公社卫生所试试，前一段时间赤脚医生培训时认识那里的卫生员，看行不行。于是杜鹃拖着艰难的身体在崎岖的山路上跟着刘一鹤一步一挨到了公社卫生所。卫生员把刘一鹤拉到墙角问："是你的？"刘一鹤摇摇头。卫生员说那就好，不过打胎要到区卫生站，这里打不了。

两人带着失望的神色出了公社卫生所。杜鹃走不动了，刘一鹤在一个小饭馆买了几个馒头递给她，让她坐在街边歇歇脚，填下肚子。刘一鹤知道再让杜鹃走十几里山路到区里那是万万不行的。他让杜鹃等着，一个人在街上踅摸。他想到了粮站，于是在小卖部里买了一包烟，大前门牌的。当地人一般自己卷烟抽，或抽水烟。买得起烟抽的一般买八分钱一包经济牌的劣质烟。大前门一包三毛钱，很高级了，属于奢侈品。刘一鹤平时劳动休息时喜欢到处挖蜈蚣，然后到公社药材站换钱捞外快。一条蜈蚣一分钱，大点的两分钱一条。有时他也用蜈蚣换其它东西，比如食盐，酱菜之类。学了中草药后，他还到山上采集中草药晒干卖。他将换的钱攒起来应急时用，小有积蓄，不为人知。

他来到了粮站，正好有辆运粮车停在那里，知道去区里的运粮车还没走。刘一鹤到了里面门房，找司机小刘。门房的老头隔着窗子向里面院子大喊了一声："小刘，有人找。"小刘从里面跑了出来，看见知青刘一鹤非常高兴，他们是前一段时间刘一鹤在这里赤脚医生培训时认识的。在农村非常时兴认宗，他们都姓刘，于是认了本家。刘一鹤掏出了大前门，递过一根给司机小刘，然后又在他两边耳朵上一边夹了一根。小刘抽着大前门，非常享受的样子，问刘一鹤有什么事。刘一鹤就将杜鹃要上区里打胎的事讲了一遍。小刘坏笑起来，也问是不是刘一鹤的。刘一鹤摇摇头。小刘说没事，搭他的便车就是。

刘一鹤让杜鹃坐在副驾驶的位置上，自己坐到后面敞篷粮堆上，一路颠颠簸簸地到了区镇。在区卫生站，他们找到一个护士，问妇科在哪里。那护士奇怪地打量了他们一眼，说我们这里什么都看，只有县医院才有妇科。护士一眼瞥见了杜鹃的大肚子，问他有什么事。刘一鹤说自己是某某公社某某大队某某生产队的赤脚医生，想给这位社员打胎。护士问有证明吗？刘一鹤摇摇头。护士用一种猜中了的眼神看着刘一鹤，是不是没有结婚。刘一鹤没有作声，窘在了那里。护士说打胎要有证明，没证明不打，然后不友好地一转身走了。

两人又问了几个医生护士，都摇头。没有办法，他们坐在候诊室的长条凳子上休憩。刘一鹤见院子中有一口水井，他过去将水桶放下去打上来凉水，用搪瓷缸子舀了一缸水递给杜鹃。杜鹃内心悲苦，眼泪滴到了搪瓷缸里。没多久，他们看见大队书记的妹妹挺着个大肚子进了卫生站，大家打了个照面，然后不好意思各自低头回避了。不过大队书记的妹妹有大队证明，护士就领着她进去了，留下刘一鹤和杜鹃两人呆呆地怔在那里。

这时刘一鹤发现不远处有条无家可归的小黄狗趴在地上看着自己，饿得有气无力。他轻轻嗯哨了一声，小狗立刻跑上前来。刘一鹤将怀中还剩下的半截馒头喂小狗，小狗贪婪地一下吃光了，抬头继续看着刘一鹤。刘一鹤拍拍手，表示没有了。休憩够了，小刘运完粮回过头来找他们。听说胎没打成，小刘无奈地摇着头，然后出点子说："你向他们说这是超生，说不准就给打了胎。"

刘一鹤已经不明不白地背了一路黑锅，对小刘说："看我们两人这样子，都以为是我们的私生子，说超生，谁信。"

杜鹃已经精疲力竭，对小刘说："我们回吧。我不想打了。"

车开了，那条小黄狗跟在后面汪汪直叫。刘一鹤于心不忍，在车后面使劲拍驾驶室的后窗让小刘停下，然后下车将小黄狗抱着一起上车。

第十章

胎没有打成，杜鹃在刘一鹤的陪同下千辛万苦地回到了生产队。此番心情体力打击太大，大伤元气，回到生产队后杜鹃就病倒了。没人管这棵苦命草，只有刘一鹤看在眼里疼在心里。刘一鹤将学来的鸡毛蒜皮医学知识都用上了，一面翻看"赤脚医生手册"，一面在山坡上采了一些中草药为怀孕的杜鹃尽量减轻痛苦，恢复体力。毛娣知道了他们一起去打胎的事，埋怨刘一鹤为什么不告诉她。毛娣将家里捎来的红糖带来了，两人将熬好的苦涩中药放进红糖喂给杜鹃喝，可是杜鹃老是吐，受尽折磨。大家都无可奈何，看着杜鹃的肚子一天天大了起来。

　　有一天毛娣看着倍受煎熬的杜鹃实在受不了了，对心如死灰的杜鹃说："要不我带你到省城去堕胎。托我父亲找关系，想想办法。"

　　杜鹃摇摇头，有气无力地说："算了，麻烦了你们这许久，谢谢你的好意，终归我的命不好，我不想打胎了。小家伙常常在我肚子里踢腿，他/她在我身体里一天天长大，现在有点舍不得了，好歹也是一条命，留着吧，积点德。"看着她那昔日里春光明媚的眼睛这时空洞洞的，刘一鹤心如刀绞。

　　有一次毛娣帮杜鹃擦洗完毕，到门外小院里倒水，回来悄悄对刘一鹤说："刚才我在外面倒水，发现树林子里面有人，抬头一看是你们生产队长，探头探脑向这边张望，看见我就跑了。"其实刘一鹤已经发现几次了，知道他想干什么，做贼心虚，只是没说而已。他知道队长比自己更着急杜鹃肚子里的孩子，他已经为自己造的孽坐立不安了，时常来偷窥。妈的，刘一鹤想起这个畜生就咬牙切齿。

让他们欣慰的是，杜鹃的房门口时常有一些食物出现，一块红薯，一根黄瓜，有一次居然发现了一碗鸡汤，让人心里温暖。乡亲们明里不敢支持，只有暗地里帮一些忙，可是这些只是车水杯薪，解决不了大问题。刘一鹤从区里带回的小黄狗成天跟在刘一鹤的后面摇着尾巴到处跑，越长越机灵，慢慢露出威武之躯。因为大家都吃不饱，刘一鹤琢磨着如何给杜鹃改善营养。看着黄狗，刘一鹤动起了心思，于是带黄狗到山上去试着抓野兔子。起先黄狗不行，老是让野兔子跑掉。可是有一天黄狗穷追不舍，将一只野兔子追得心力衰竭，终于抓到了一只。刘一鹤高兴得不得了，回到家就用锅将野兔子炖了，还摘了一些野山果和野蘑菇。天黑时分，他用一个泥瓦罐子将炖好的兔肉盛好，带上黄狗借着星光往杜鹃住处奔去。一路走刘一鹤一路抚摸着黄狗的头，非常感激它。炖好兔肉后，刘一鹤拿了一块放在黄狗面前，可是它不吃，非常通人性。

当接近杜鹃的小茅屋时，隐隐听见里面有争吵声，有个声音像是队长的，立刻引起了刘一鹤的警觉，身边的黄狗也发出了低沉的呼噜声，两眼锋利地盯看着小屋微弱的灯光。

"你个丧天良的，害了我还想害孩子。滚出去！"杜鹃恐惧和愤怒的声音从小屋里传了出来。

"你个贱货，还真想生下来。他们不打胎老子帮你打。"队长恶狠狠地说。然后听见一阵噼啪声和杜鹃的惊叫声。

刘一鹤一听不好，队长要寻孩子的不是，大人和孩子都会没命的。他和黄狗一个箭步窜了上去。刚一进门，就见队长伸脚向杜鹃的肚子上狠狠踹去，样子极其穷凶极恶。说时迟，那时快，黄狗猛扑上去用口将队长的脚腕咬住，刘一鹤跟上一拳将队长打倒在地。黄狗不依不饶，咬住队长的脚不放，左右摇头撕扯，痛得队长大叫不止。受了惊吓的杜鹃向后退时，跌在了床上，刘一鹤赶快上前去将她扶住。杜鹃见刘一鹤来了，紧紧抱住刘一鹤，哭声不止。

刘一鹤搂着浑身发抖的杜鹃安慰说："不怕，有我在这里。"

队长的脚腕子已经在流血了，他呲牙咧嘴对刘一鹤说："快让你的狗松开，痛死我了。"

刘一鹤非常解气，骂道："王八蛋，坏事做绝，咬死你。说，还敢不敢。"

"你敢让狗咬贫下中农，当心老子去反映情况，定你反革命罪。"队长的口还有些硬。

"怂。"刘一鹤黑着脸向黄狗吼道。

黄狗的牙又紧了一些。

"哎哟哟，再也不敢了。"队长终于开始求饶。刘一鹤打了一声唿哨，黄狗松了口，队长鞋也不穿，连滚带爬地出了门。

杜鹃过了好一阵子才从惊吓中缓过劲来。刘一鹤拿来一只碗，将兔肉汤盛上让杜鹃喝，那鲜美的味道让饱受饥饿的杜鹃一下子就将碗里的汤喝尽。刘一鹤马上又盛了一碗，杜鹃感激地看着刘一鹤，问他肉是从哪里来的。刘一鹤告诉她这都是黄狗的功劳，在山上打的野兔子。

"这狗机灵，当时给它吃了半块馍，不成想现在派上大用场了。"刘一鹤用手在黄狗的头上摩挲着。

因为不能下地劳动，赚不了公分，成心报复的队长停止了杜鹃口粮供应，想用饥饿的办法逼迫杜鹃流产，最好饿死。没办法，杜鹃只好撑着有孕之身下地干活，可是没几天就不行了，有一天晕倒在了地头。没得吃的，刘一鹤尽量从自己的口粮里挤出一点来给杜鹃，并且一有空就带着黄狗到山里打猎。有一天刘一鹤在田里秋收，不见了黄狗。快收工时，看见黄狗兴奋地叼着一只野兔子老远跑来，它居然自己跑到山上去猎兔子去了。见了刘一鹤它摇着尾巴向刘一鹤邀功请赏，喜欢得刘一鹤把它搂在怀里猛亲了一阵。从此以后，忠实的黄狗每天自行上山打猎，少则一只，多则几只地捕捉了不少小动物回来。都说狗捉老鼠多管闲事，黄狗真还抓回来过几只形体硕壮的大山鼠。割秋稻时，田里不时有蛇被发现，刘一鹤也捉来入锅。

天气慢慢转凉了，层林尽染，山上的野果成熟了不少，刘一鹤和毛娣一起上山采摘野果。天无绝人之路，杜鹃和孩子的命就这样保了下来，没有像队长期望的那样。可是大家都忧心忡忡，不知到后面等待他们的是什么。

　　当刘一鹤为杜鹃忙着这一切时，杜鹃内心里充满了喜悦和悲哀，她觉得自己这一生尽管坎坷，可却是幸运和幸福的，她遇上了刘一鹤。还没有出事时，少女的她情窦初开，有了第一个相好。像她这样没人要的地主后代居然和一个城里来的知青相好上了。她曾经幻想过无数次自己和刘一鹤的美满生活，编织了许多美好的画面。他们可能很穷，地位卑贱，但他们一定很知足，有一个属于自己的小家。她有时幻想着腹中的孩子是自己和刘一鹤的，两人过着小家家，将肚子里的地主后代孝子贤孙养大。龙生龙，凤生凤，乌龟的后代是王八，那会是一个多么可爱的小王八，男的女的都无所谓。自己会教小王八写字，刘一鹤会教小王八拉琴。当然她想过刘一鹤会招工回城，像许多知青一样。如果有一天刘一鹤回城不要她了，她也会无怨无悔，她会让刘一鹤带走孩子，过上城里的幸福生活。到那时自己可以带上乡下的土特产去看孩子。有一次做梦，她真的梦见了自己和刘一鹤领着孩子到爷爷的坟头去祭拜，告慰爷爷的在天之灵。可是爷爷怒斥她不知廉耻，带了一个野种来见他，羞辱家门，惊得她从梦中醒来，一身冷汗。她黄夜抚摸着肚子里的小生命，却是罪恶之果，既恨又爱。杜鹃在心里常常

100

责备自己当初不听刘一鹤的相劝，去了水利工地。自己太幼稚太天真，贪看外部世界。那个万恶的恶棍毁了自己的一生，还有那几个帮凶。她没有脸见刘一鹤，可是又天天靠着刘一鹤的帮助才得以苟延残喘没有尊严地活下来。刘一鹤对自己的真心实意让她感动，可惜自己无福消受，命薄如纸，她不敢直视刘一鹤的眼睛，总是避开。这个世道太不公平，老天爷为何对自己如此残忍，要不是肚子里的这个小生命，杜鹃可能会尽早结束自己的生命。到区卫生所没有打成胎，这一定是老天爷的意思。那天小家伙一路都在猛烈地踢着自己的肚子，显得非常不高兴。杜鹃心软了，回来后就彻底打消了打胎的念头。杜鹃活在矛盾和痛苦之中。她不忍让这个孩子还没有见到这个世界一眼就被自己杀害。所以她现在活着的唯一理由就是为了肚子里的孩子，这是自己作为母亲唯一能够给这个孩子的。

其实杜鹃的思想斗争都瞒不过刘一鹤。他天天照看着杜鹃，从她的神态和眼神里，从她下意识地抚摸肚皮的动作里，从她遥望天际痴呆呆的凝固里，从她嘴角偶尔露出的一丝微笑里，刘一鹤读出了杜鹃内心里的思想起伏。刘一鹤非常懊恼自己没有保护好她。已经察觉出了不妥，可是没有尽自己的最大努力去阻止杜鹃到水利工地去，让她落入虎口。这个山乡女孩是自己的初恋，她的名字和为人就如同杜鹃花一样明媚，像潺潺的山溪一样清明透亮，让自己喜爱，两人相处得纯洁质朴。她任劳任怨，与世无争，一切逆来顺受，载着人间的不公不平和世纪沧桑。看着她被摧残得如此不堪，自己除了痛心疾首，却无能为力。刘一鹤恨自己的懦弱。不过他万万没有想到杜鹃会自尽。那天下了一夜的大雪，自己惦记着杜鹃，准备起床后就去杜鹃那里，听隔壁生过孩子的大嫂说杜鹃大概快生了，结果第二天一大早出门发现了地上的小孩包裹。为此他责备了自己一辈子，他只有用自己的一生来尽心抚养杜鹃的后代以弥补内心的歉疚和懊悔。

　　天已经黑了，刘一鹤不吃不喝地对女儿讲了一天。当杜鹃终于明白了事情的真相和自己的身份后，她早已将胸前泪湿了一片，将三生的眼泪流尽，脸色惨白，头晕目眩。她问："这个孩子就是我吗？"

　　刘一鹤点点头，然后将最催心裂胆关于杜鹃跳崖自尽的事情继续讲述完毕。"我找到你妈妈是第二年春天的事。有天我在田里劳动，忽然看见有座山峰上有老鹰盘旋。我寻了过去，在老鹰盘旋的一片山崖下发现了你母亲的尸骨。她的皮肉已经被老鹰吃光了，当地人称这为天葬，他们相信天葬的人灵魂是会升天的。她跳崖的地方杜鹃花开得特别茂盛，红得艳丽，经久不衰。我带着襁褓中的你来到那里，采集了许多花瓣铺在地上将你放上去，让你依偎在杜鹃花丛中，如同在你母亲怀里，享受你母亲的爱抚和关爱。"

听着这些描述，杜鹃内心里天崩地裂，乾坤倒转，她又一次悲声痛哭。刘一鹤将事先准备好的一个盒子打开，将一件浸有血迹的棉袄取出交给杜鹃，"这是你母亲生前穿过的棉袄，当时她就是用这件棉袄包裹着将你放在我门前的。还有，这是你母亲的绝笔。留着做个纪念吧。"当年刘一鹤从地上拾起包裹的情形又重新回到了脑海里，一直平静的他这时再也抑制不住激动的情绪，放声痛哭。

杜鹃接过带有母亲血迹的棉袄紧紧抱在怀里，放声尖声凄厉喊道："妈妈 ———！"

星期天杜鹃一整天都蜷曲在自己的房间里，眼睛红肿得厉害。她难以接受刘一鹤讲述的事情。她痛恨那个叫队长的人，可怜自己的母亲，敬佩自己现在的父亲。她的生活像一只精美的花瓶瞬间被摔得粉碎，一切美景如同一只万花筒，并不是真实存在的。她起先觉得自己已经做好了充分的思想准备来听父亲讲述自己的身世，可是万万没有想到自己原来是这么的不堪和龌龊。自己怎么可能以这种方式来到这个世界？自己有什么资格享受人间的美好一切？她有点后悔向刘一鹤询问事情的真相。

刘一鹤推门进来了，他端来了一杯冰镇咖啡和一小碟点心，还有一片水果，关爱地说："小鹃，来，吃点东西。两天都没吃了不行。"

　　杜鹃摇摇头，两眼恍恍惚惚地定格在窗外。

　　"要不我陪你到附近的树林里散散步？"刘一鹤耐心询问，知道这一切对这个阳光女孩太沉重，需要时间化解。

　　"我是不是前世做了什么不好的事情，God 要以这种方式惩罚我？"女儿杜鹃并没有回过头来望着刘一鹤，两眼还是直愣愣地看着窗外自言自语。

　　"怎么会呢？我说过，这一切都不是你的错，你这么优秀，我为你骄傲。世间有许多事情我们是不能把握的，但是有些事情我们却可以去改变。我们不应该因为不能改变的事情而影响到可以改变的事情。命运其实还是掌握在我们自己手中。比如像我，生长在一个错误的政治家庭，但我并没有自暴自弃，悲观失望，通过自己的努力来改变自己，所以有了今天的成就。世界上许多的成功人士都有这样的经历。你要是被这件事情打倒了，就违背了我这些年来的心血，你母亲在九泉之下也会不开心的，当然还有你的毛阿姨。为了自己，为了所有爱过你帮助过你的人，你一定要挺住，善待自己，放眼未来。"

　　杜鹃默然听着这一切，他开始对刘一鹤有点陌生起来。这个一直让自己敬仰和引以为自豪的父亲，突然间和自己有了如此深的鸿沟。这些以前耳熟能详的谆谆教诲，现在听起来有些别扭。他怎么可以不计前嫌地培养着仇人的女儿，尽管他和自己的母亲有着深爱。不知道真相也罢，可是知道真相了以后自己如何能够再继续接受他的如此恩泽。他为什么要这么做而且能够做到？

刘一鹤感觉到了杜鹃的沉默和疏冷，这在他的意料之中。他在打算向杜鹃和盘托出这一切时，已经作出了几种结局的可能，不管是哪一种，都能接受，因为他已经完成了母亲杜鹃的托付，将她的孩子抚育成人。于己而言，他卸下了心里的一个背了二十几年的沉重包袱，问心无愧。不过他并不担心女儿杜鹃，因为她的身上具有和她母亲一样的品质，他很清楚自己一手带大的女儿。

刘一鹤出了杜鹃的房门，一个人来到外面树林子里。树缝枝杈中间，月亮姣好娟美，圆圆地挂在深蓝色的空中。他把月亮当成久远的杜鹃，心中说：我已经完成了你的嘱托，愿你在天上保佑你女儿渡过这道难关吧。

第十一章

丁一听完了刘一鹤的讲述为之动容不已，内心里很感动，对自己的这位老友充满了敬佩和惊讶，文质彬彬的刘一鹤想不到原来充满了这般传奇，埋藏着许多故事。刘一鹤毕业于美国的名校，师从名家，他的学问是国际学术界公认的，他的科研论文都发在顶尖的学术刊物上，得过许多的奖项，主持过许多学术会议，蜚声海内外。丁一始终不理解的一点是为何刘一鹤很少和中国有学术上的往来，教授们聚会谈论中国的事情，他从来不插嘴，只旁听。从中国出来的许多教授们都或多或少地和中国方面有些合作，在中美之间飞来飞去，被称之为海鸥教授。可是这位让人尊敬的老友却无动于衷，回中国去仅仅只是探亲而已，回到美国后埋头做学问。现在丁一的心里似乎有了一个模糊答案，明白了点什么。刘一鹤温文尔雅的后面竟如此饱经沧桑，家世爱情坎坷，让人唏嘘，看来他对自己的祖国有不能谅解的地方。刘一鹤曾经对自己说过，他父亲让他学成后千万不要再回到中国，留在美国一展宏图。他父亲一生的坎坷经历为他竖起了一面镜子，当年他父亲就是一腔热血回去报效祖国的。丁一很喜欢刘一鹤的漂亮女儿杜鹃，聪明能干，学业优异。丁一老是以她为榜样教育自己的儿女们好好学习。以前问起刘一鹤的婚姻来也只说妻子是一位农村妇女，出意外跌下山崖去世了。像他这样名利双收的单身名教授不乏仰慕者和追求着，听说还有人为了他终身不嫁。月琴不了解情况也热心为他做过媒，可是他从来都不为所动，含笑不纳，心无旁骛，悉心培养着自己如花似玉的女儿。原来他背着众人隐藏了这么凄美的故事和旷世秘密，一个人默默承担起了世纪之重，可见得这段往事对他心灵的创伤有多么重，以至终身不娶。要不是一起车祸，他大概会将这一切永远埋藏心底。丁一在脑子里勾画着那位跳崖的农村少女，能够这么吸引才德俱佳的刘一鹤终身不娶，一定不是一般的美丽贤惠。他似乎从刘一鹤的女儿杜鹃身上隐约看见了她母亲的风范美丽和贤德，有其女必有其母。丁一为老友的爱情悲剧心哀不已。

"老刘，你老兄真不简单啦，居然将这段往事遮得严严实实。下面你怎么办呢？要不要我去和杜鹃沟通一下？"丁一对刘一鹤说，思绪还沉浸在他刚才的讲叙当中，挥之不去。

"我想不用，她会挺过这一关的，我的女儿我知道。"刘一鹤信心满怀地说，他喝了一口茶来缓和因讲述带来的心潮起伏和情绪波动，眼睛里还留有潮湿。那天和丁一通话后，他觉得对丁一需要一个交代，于是约了丁一夫妇，将前因后果重述了一遍，又经历了一遍感情上的炼狱。"要是可能，希望你们不要对他人提起这件事，以免对杜鹃造成太大的影响。"刘一鹤补充说道。

丁一点点头，"我们不说。"

月琴的两眼还是红红的，不断用餐巾纸擦拭眼泪和鼻涕，"老刘，你让我太感动了，我都想追你了，这么情深不忘。和你相交了这么多年，居然不知道你还有这段故事。就是难为了杜鹃这孩子，这对她太残忍了。谁摊上这事恐怕都不是一件容易过去的坎。那个时代造成了许多人为的悲剧，想掩埋也掩埋不掉。我希望你们父女俩还能像以前一样，不要有节外生枝才好。"顿了一下，月琴不放心地说："我还是想去看看杜鹃这孩子，她一直像我闺女一样，割舍不下，不能让她受委

107

屈，没娘的孩子太可怜了。她知道这事后一定从天上掉到了地上，痛不欲生。"说完月琴又一把鼻涕一把泪地擦起来，伤痛不已。

丁一说："我们这代人可谓历尽沧桑，与时俱进，像过山车一样在不同的时空隧道里穿梭，酸甜苦辣都尝试过，有了今天不容易。有些事情该面对还得面对，让大家的心都静一静，这事还得慢慢来，最主要的还是不能让杜鹃这孩子造成过重心理负担。"

星期一杜鹃上班，一路开车情绪低落，以前风景如画的沿路景色这时看上去显得灰暗无比，了无生趣，没有了昔日的光彩。她到了医院，将车停在停车场，来到医院。正在医院走廊上走着，后面 Scott 将她喊住。杜鹃停下了脚步，却没敢回头，她害怕 Scott 看见自己的憔悴样子。Scott 兴致勃勃地问："上个星期我们爬山的约定准备好了没有，这个周末我们就可以开始了吧？" Scott 有点迫不及待。

杜鹃说："我想取消这个约定。"她的声音略嫌沙哑，略微将头偏了过来。

"为什么？" Scott 不解地问，他突然发现头发略微凌乱的杜鹃表情异常，"你好像不舒服？"杜鹃有点尴尬，微微抬起了头，没有完全消下去的眼肿让 Scott 吃了一惊。"你怎么了？"

"有点个人的事情，不方便说。"杜鹃说完就向前匆匆走去，尽力遮掩自己狼狈的样子和内心的不愉快。

望着杜鹃急匆匆的背影，Scott 怔在了走廊上。自从上周和她约定去登山，Scott 心里兴奋憧憬了好一番。他对这个小医生很有好感，年轻漂亮，朝气蓬勃，一双大大的美女眼睛荡漾着青春活泼，两个酒窝一边一个在脸颊上活蹦乱跳。不知咋地，那天和她在锻炼场馆分手后，她的影子一再在眼前漂浮晃动，不肯离去，干事情老是有点心猿意马。走到自己的办公室，Scott 换上白大褂，想想放心不下。他拿起手机想跟杜鹃通话，犹豫了几次，觉得太唐突。可是对于杜鹃的关怀之情反复缠绕着他，闭上眼睛，一股柔情蜜意涌上来，他意识到自己的心大概被丘比特的箭射中了，没有办法让自己不去想她。定下决心后，Scott 终于拨通了杜鹃的号码。

"喂。"杜鹃略微沙哑的声音传了过来，马上牵扯到了Scott 的神经。

"你好像很不开心。我能为你做点什么吗？"Scott 关心地说。

"谢谢。不用。"杜鹃固执地拒绝了。

Scott 继续："不要拒绝我，一起喝杯咖啡，散散步，只要你开心，我都愿意做。要不我们还是去野外爬山吧，那里空气新鲜，让人胸怀开阔。真的，我有些事情也想找人交谈，想问问你的意见，我也希望你能帮我解决难题。"

　　Scott 很有技巧，他的这番话让杜鹃很难拒绝了。手机那头沉默了一会，然后说："好吧，这个周末我们去爬山。"尽管有点不情愿，但杜鹃还是答应了，Scott 将拳头紧握了一下，庆祝自己的成功，高兴地对手机那头的杜鹃说："一切由我来安排。"

　　放下手机，Scott 在心里琢磨杜鹃遇到了什么难事，难道是她父亲的病情加重？可是不像，因为她以前毫无顾忌地和自己谈论过她父亲的病情，更何况刘一鹤是自己抢救的，没有什么好隐瞒。正想着，前台护士打电话来了，说有个急诊，请他快去。他掐断念头就飞奔出了办公室。

　　那头杜鹃的心情正不好，接到 Scott 的电话，以她女性特有的敏感，她察觉到了 Scott 对自己的好感，内心里不免掠过一丝甜蜜，有点像苦咖啡里面掺合进了蜜糖。最近的几次接触，她觉得 Scott 成熟稳重，为人诚恳，像一个学长一样解答自己的问题。他对父亲的医治一丝不苟，尽心尽力。那天一起锻炼时，他那因锻炼而鼓起的浑身肌肉让人羡慕不已。和他谈话对望时，他的眼睛看人真诚坦率，友好热情。想起这些杜鹃心里有了一丝羞怯，阴霾的心情里投射进了一丝阳光。杜鹃现在非常想找一个人解解心中的忧闷，她快憋死了。以前刘一鹤是她的最佳听众，凡是遇有不快不高兴的事情，向他倾诉一定会得到令人满意的答案和结果。父亲从来不让自己心里留下任何阴影。可是这次不一样了，因为她突然发现刘一鹤应该是和自己最势不两立的人，他受的伤害太深了，而给他带来伤害的人居然是自己。要不是自己亲生父亲犯下的罪恶，他很可能就和母亲结婚了。他为什么不痛恨自己呢？这么多年来他反而对自己关怀有加，视如己出，想想这些杜鹃就无地自容。刘一鹤要么是世界上最伟大的人，要么就是最虚伪的人，反正自己没有办法再在他面前推心置腹地交谈了。杜鹃心灵受到了巨大的创伤，煎熬得难受，内心的憋屈和感受需要一个发泄口，需要人来安慰。Scott 的及时出现让她突然看见了希望和一缕光线，有点像绝处逢生。尽管自己和他还不太熟，可是自己太需要一个人来分享自己的遭遇了。杜鹃已经明显感觉得到 Scott 是有意和自己接近，渴望倾听自己的心声。杜鹃也知道 Scott 说有事向自己征求意见只不过是故意给自己一个台阶下而已。这个细心的男人在这个小小细节上的安排让杜鹃内心感激万分，温暖如春，再不答应他的邀请就太说不过去了。为什么不呢，她心底越来越喜欢上了这位英俊的医生，当医生的都心细如发。可是你自己送上门来的啊，杜鹃内心里不免小得意起来，脸上难得显出了笑容。杜鹃咬着嘴唇，两眼望着楼下熙熙攘攘来往的车辆发着呆想。

　　星期六 Scott 开着敞篷越野车在旷野里飞驰，风将杜鹃的长发高高吹起。田野里庄稼一望无际的翠绿，农家院舍星罗棋布洒在其间。房前屋后和田间地头的花树一丛丛地点缀在绿毯似的田野上，在天上漂浮的白云下像美艳少妇一样显摆。田野里不时出现牛羊，悠然自得地吃草，平添了几分农家风味。远山如黛，虽然不是很高，却也露着峻峭的面容。山体慢慢趋近，嶙峋的山峰清晰起来。快到山边时出现了一片不大的湖泊，上面百鸟飞翔，山影重叠，芳草萋萋。绕湖而过到了山脚下，路牌指着不同方向。杜鹃一直开着手机打开上面的 Google 地图界面，根据上面的指示告诉 Scott 走哪条路。其实 Scott 对这段路很熟悉，因为他常来，不打断杜鹃，是想让她分分心，不要老想着心里面的难事。山路慢慢变得狭窄起来，路两边大树参天，风中摇曳，光线在树叶的遮挡下暗淡下来。山路弯急，迎面有车过来，幻觉中好像要撞在一起，可是瞬间又错开来。Scott 娴熟地开着车，两人交谈不多。杜鹃不说心事，Scott 也不问，但从杜鹃紧锁的眉头里，他心里知道杜鹃一定遇到大难题了。再往前就是碎石路面，坑坑洼洼，颠簸得厉害。

　　在一条溪流旁，Scott 停下，两人下了车。他们涂好防晒油，喷了防蚊虫的 OFF，然后背上帐篷背包，挂着拐杖抬头望去，山路在溪流那边蜿蜒蛇攀而上，消失在密林丛中。两人踩在光溜的大鹅卵石上过溪流，在溪流中央时走在前面的 Scott 停住，回过头向杜鹃伸出援助之手。杜鹃先是犹豫了一下，然后将自己的手放心地交到了 Scott 的宽厚手心里。两人一步一步地过了小溪，沿着山路进入了灌木林。这是一条羊肠小道，路迹不清，树根突兀，但地面明显有人踩踏过。Scott 在前，杜鹃在后，他们不断用手中的拐杖将杂草细枝拨开，Scott 不断提醒路陡，路滑，让杜鹃小心。望着前面 Scott 宽厚的肩背，杜鹃心里踏实，她突然感觉到自己生命里又出现了第二个对自己呵护关怀的人来。

两人来到一截断崖层前面，将前面的路挡住了。崖层断面长满了绿色的藓苔，水珠间歇地慢慢往下滴，滴在崖石上瞬间化为碎珠。要想通过去，只有从崖层中间的一条贴壁小路过去，非常不易走，杜鹃有了一些畏难情绪。两人观察了一下，Scott 信心十足地说："过去吧，没有问题。我扶着你。这路就像人生，有艰难的时候，过去就好了。"他好像在说双关语。

还是 Scott 在前，杜鹃在后，两人手牵手，小心翼翼地慢慢往前挪。在中段有个宽一点的地方，两人歇了一下脚。杜鹃发现头顶上的一个崖缝里长有一朵奇形怪状的精美小花，色彩艳丽，小巧玲珑。

Scott 也抬头看着小花说："你看，生活中到处都有内容和惊喜，即使在困难的时候。你要是喜欢，我给你摘下。"

杜鹃知道 Scott 又在隐喻自己，莞尔一笑。心里想有个人要为自己摘花，为何不要，这个人有意思，企图明显。其实在潜意识里，她已经对 Scott 产生了一点依赖和被保护心理。以前这种保护一直由刘一鹤提供，可是那让人头晕目眩的残酷现实让她突然害怕失去这种保护，正在彷徨和不安时，正好这里又接上了，而且是在自己最需要的时候。杜鹃内心涌出一股感激的热流，温柔地点点头，同意了。

Scott 非常小心地将花朵连陪衬的叶子一起采下，放在自己喝水的瓶子里保护起来，花朵在瓶中的水里漂浮荡漾着，像一只美丽的小船。杜鹃被他这种奇异的做法逗笑了，手不自觉地又牵住了 Scott 的手，两人继续前行。过了断崖，路向下延伸下去。往下走时，一眼望去，绿茵茵树冠的华盖将下面遮得严严实实，两只色彩斑斓漂亮的雌雄鸟在树冠上斜飞而上，落在了对面峭立陡壁上一棵伸出来的奇松上，发出清脆的鸣叫，立刻逗引得山谷里树丛中众鸟齐唱。杜鹃掏出手机查看地图，应该离他们宿营的地点不远了。

前行了一小段，前方隐隐有笑声和扑通的声音从树林子里传来。走不多远，现出一汪水潭，一条飞瀑飞泄进潭里，溅起水花，有点像茶壶在向杯子里面斟水。腾起的水雾被树缝中泻进来的阳光照耀着，映出了一条横跨水潭的袖珍彩虹，美妙至极。杜鹃被眼前的美景惊呆了，不免小声惊叫了一声。水潭的四周植物茂盛繁密，苍翠欲滴，被飞瀑的氤氲微微笼罩着。有几个年轻男女穿着游泳衣站在潭顶上方的突出岩石上，一个个白花花纵身往下跳，从彩虹里插进潭里，发出轰隆声和欢叫声。

Scott 问杜鹃要不要也来一下，杜鹃摇摇头。他们脚踏着水中的乱石走向潭边，和众人打着招呼。他俩用手掬起清凉的潭水洗脸擦臂，将汗渍洗净，顿觉清爽无比。潭边有一块木牌，上书向前去100米就是他们要去的宿营地。他们离开水潭来到宿营地，不大的一块平坦草地上已经搭起了几个帐篷，大概就是跳水的那拨人设下的。Scott和杜鹃也一人支起了一顶帐篷。一切安排停当后，两人来到帐篷外打开食品袋用起了晚餐，正吃着，其他的人陆续回来了，浑身湿漉漉的，大家兴高采烈地攀谈了起来，原来都是登山野足爱好者。

第十二章

　　天色向晚，杜鹃走了一天的山路想洗个澡。她拿起干净衣服对Scott说自己要到下面水潭里游个泳，问他要不要同去。Scott正在察看手机上的工作电邮，回护士们的询问，指导工作。他让杜鹃先去，自己随后就来。杜鹃一个人径直来到水潭边，幽暗中看不清四周，只有月色从树缝里斑斑驳驳地洒进来，照在瀑布上如同一笼帘纱。四周有虫鸣，空气里飘散着夜花的香味，更加烘托出朦胧月色和静谧的夜晚。

　　杜鹃脱掉外衣，伸腿下到潭里，清凉的潭水从腿部慢慢上升到腰部，胸部，然后直至颈部。她走向瀑布，让水帘倾泻在自己的头上，像冲淋浴一样甘畅淋漓。一天的登山疲劳再加上这冷水的浸泡，让她这两天浑浑浊浊的头脑轻松了不少。她在这溟溟夜色里望着四周的一切，开始冷静地思考刘一鹤讲叙的故事。那些令人难以置信的事情像电影一样在脑子里回放，自己从未谋面的母亲，练字的荷塘，受人尊敬的祖父，风雪之夜自己被放在门前地上，还有那个令人憎恨的生身父亲。。。。。　　直到有一个声音将自己唤醒。是 Scott 来了。

"杜鹃。"是 Scott 在夜色里呼唤。

"哎，我在这里。"杜鹃在水中回答。

月色微明中，杜鹃看见 Scott 下到水里向自己划走过来。水齐脖子时，两人面对面，Scott 在水中握住了杜鹃的手，像白天走山路一样。"怎么样？能不能告诉我到底发生了什么事，让你这几天心思重重。我愿为你分享一切。"说话时 Scott 的手在水中将杜鹃的手握紧了一点，显示内心的关怀。

"我为什么要告诉你这些呢？那是一些非常隐秘的个人私事，除非是自己的亲人。"没想到 Scott 突然将杜鹃抱在了胸前，在她耳边小声说："我能够做你的亲人，我想和你一起承担一切。请给我这个机会。"

一股幸福的暖流像电击一样迅速传遍了杜鹃的全身，她突然伏在 Scott 宽厚的肩膀上失声痛哭出来，将心中的积忧一股脑如瀑布般倾泻，热泪顺着 Scott 的脊背流入潭中。哭了许久，Scott 在水中不断拍着杜鹃的背安慰她。他们上了岸，两人坐在水潭边的石头上，Scott 全心全意地静听杜鹃讲述自己的身世和那荒诞的过去，真是天方夜谭一样令人难以置信。Scott 的母亲也向他讲过她当知青时的悲惨遭遇，被逼得无法，只好偷渡香港。可是听了杜鹃的哭诉，他内心深处随着讲述波澜起伏，如狂涛巨浪，忍不住跟着热泪盈眶。当他听到杜鹃居然是被人强奸所生时，脑子一下子爆裂开来，彻底懵了，这怎么可能！。主啊，Scott 忍不住用手攥住了胸前的十字架，这是母亲从小送给他的。到了香港后，Scott 的母亲开始信教，她和父亲就是在教堂里认识的。Scott 的母亲是一个虔诚的基督教信徒，从小 Scott 就和父母一起去教堂弥撒，念圣经，洗涤心中的罪恶。

当 Scott 听到杜鹃述说刘一鹤二十多年来的养育之恩时，心中更是被彻底震撼了。他不知道刘一鹤信不信基督，但一个人心中如此宽宏大量，仁慈宽厚，当为所有人的楷模，让人敬仰。在 Scott 的心中，刘一鹤无异于耶稣再世，芳泽无边。他不光是自己的学术前辈，更是自己的精神向导。

"我只是不知道他为什么会放下仇恨，爱一个像我这样的人，尽心尽意地将我培养成人。"杜鹃说出了自己的困惑。

Scott 眼望着细波粼粼的水面，聆听着瀑布的涓流响声，也在思考。许久，他问："杜鹃，你小时候读过《The Giving Tree》没有？"为了加深对耶稣无私的理解，这是他父母亲小时候让他必读的一本儿童配图书。书讲述的是一个树木对一个小孩无私奉献和爱的故事，树木对自己所做的一切不计回报，非常感人。

　　杜鹃当然读过，这本书现在还放在自己的书架上，是上幼儿园时父亲刘一鹤为自己买的，小时候读得烂熟。先是父亲给自己读，后来识字了自己读，上小学时老师们也读，一直是自己喜爱的启蒙读物之一。在幼儿园里她还扮演过那个小男孩，里面的文字杜鹃可以倒背如流。在这夜深人静的时候，Scott 的提醒犹如夜空里的一道闪电，将杜鹃的心灵照得通亮。她突然觉得羞愧无比，悔恨有加，内心深处开始责备自己的自私和无知，居然会怀疑父亲刘一鹤对自己的真挚感情和无私奉献，这对他是一个多么大的亵渎和侮辱。自己为什么会忘了这个故事呢？不自觉中，那遥远的文字如同汩汩月光、涓涓泉水流进杜鹃的脑海，她轻声背诵了起来，重新回味大树的伟大和对小男孩无私的奉献，反省自己：

【 "Once there was a tree…… And she loved little boy. And every day the boy would come And he would gather her leaves And make them into crowns and play king of the forest. He would climb up her trunk And swing from her branches And when he was tired, he would sleep in her shade.

And the boy loved the tree……Very much And the tree was happy.

But time went by, And the boy grew older. And the tree was often alone. Then one day the boy came to the tree and the tree said:

- " Come, Boy, come and climb up my trunk and swing from my branches and eat apples and play in my shade and be "happy"

- "I am too big to climb and play" said the boy. "I want to buy thing and have fun. I want some money. Can you give me some money?"

- "I' m sorry" said the tree, "but I have no money. I have only leaves and apples. Take my apples, Boy, and sell them in city. Then you will have money and you' ll be happy"

And so the boy climbed up the tree and gathered her apples and carried them away. And the tree was happy…

But the boy stayed away for a long time…… and the tree was sad.

And then one day the boy came back and the tree shook with joy, and she said:

- "Come, Boy come and climb up my trunk and swing from my branches and eat apples and play in my shade and be "happy" .

119

- "I am too busy to climb trees," said the boy. "I want a house to keep me warm," he said. "I want a wife and I want children, and so I need a house. Can you give me a house?"

- "I have no house" said the tree. The forest is my house." said the tree "but you may cut off my branches and build a house. Then you will be happy". And so the boy cut off her branches and carried them away to build a house. And the tree was happy.

But the boy stayed away for a long time······and the tree was sad. And when he came back, the tree was so happy she could hardly speak.

- "Come, Boy" she whispered, "Come and play"

- "I am too old and sad to play." said the boy. "I want a boat that will take me away from here. Can you give me a boat?"

- "Cut down my trunk and make a boat," said the tree. "Then you can sail away······ and be happy."

And so the boy cut down her trunk And made a boat and sailed away.

And the tree was happy......But not really.

And after a long time the boy came back again.

120

- "I am sorry, Boy," said the tree, "but I have nothing left to give you— My apples are gone."
- "My teeth are too weak for apple," said the boy.
- "My branches are gone," said the tree. "You cannot swing on them—"
- " I am too old to swing on branches" said the boy.
- "My trunk is gone," said the tree. "You cannot climb—-"
- "I am too tired to climb," said the boy.
- "I am sorry" sighed the tree. "I wish that I could give you something⋯ but I have nothing left. I am just an old stump. I am sorry⋯"
- " I don't need very much now" said the boy. "just a quiet place to sit and rest. I am very tired"
- "Well" said the tree, straightening herself up as much as she could, "well, an old stump is good for sitting and resting. Come, Boy, sit down⋯⋯and rest." And the tree was happy. 】

　　杜鹃朗诵的时候，Scott 深受感动，忍不住也合着朗诵起来。夜色中，在瀑布的伴奏下，男音的浑厚和女音的柔美叠加在一起是那么的美妙，让心灵颤抖。在他们眼里，刘一鹤就是那颗大树，无私地奉献，不计回报。他们自己就是那个从小到大不断索取的男孩，一直到有一天老了走不动了，需要一个地方坐下来歇息，还得靠大树。他们背诵完后，久久不语，一起抬头看天上的星星，仿佛树和小孩的故事还在星空下水潭的上空环绕延续，经久不衰。月色融融里杜鹃将头靠在了Scott的肩上，湿漉漉的头发垂在了他火热的胸膛前，彼此能感觉得到对方的心跳和呼吸。

第二天他们踏上了归路，回到了居住的城市。

杜鹃走的时候并没有告诉刘一鹤去哪里。整个周末刘一鹤一个人呆在家里，哪里也没去。看见杜鹃不在，内心隐隐焦急不安。他看着窗外花圃里自己栽培的欣欣向荣花朵，不知杜鹃会不会像它们一样经受不起狂风骤雨的冲刷和打击。他没有心思写科研论文，没有心思审稿，没有心思写综述，尽管它们堆积如山。星期六不见杜鹃的人影，星期天也不见，他知道事态严重了。

星期天的傍晚，刘一鹤正在心神不宁地看电视，听见了由远而近的车响，知道是杜鹃回来了，心情不免有些紧张，两眼翘盼门口。两天没有见面，不知她思考得怎么样，等待自己的是什么。门打开了，刘一鹤吃惊地看见杜鹃和Scott一同走进房间，有点猜不透。杜鹃来到刘一鹤面前，两人蓦然见面，仿佛有种陌生人的感觉。刘一鹤从沙发上站了起来，他从来没有看见杜鹃如此情绪低落和面容憔悴过，心中不忍。杜鹃突然跪了下来，喊道："爸爸，请原谅我。"

刘一鹤被这突如其来的举动弄得有点不知所措，赶紧伸手扶起杜鹃。刘一鹤说："起来，起来好好说。"

可是杜鹃不肯。她眼里充满了悔恨和祈求原谅的神色，哀鸣道："我为我们一家给您带来的一切罪过道歉，感谢您的抚育之恩。"

"你这个孩子怎么了，怎么说这些见外的话。难道我们不是一家人吗？"他的口气带有责备，并招呼着Scott过来一起将杜鹃扶起。

刘一鹤把Scott当客人，要去给Scott烧茶，杜鹃抹了一把泪拦住了刘一鹤，自己去了厨房。Scott向刘一鹤讲了他和杜鹃这两天在山里的情况，刘一鹤听了放心不少，原来是这么个情况。

Scott诚恳地说："刘教授，我有一事相求，想征求您的同意。"

"说。"

"我想一辈子照顾杜鹃。"

刘一鹤没有思想准备，问："她同意了？"Scott点点头。这个结局太喜出望外了。女儿长大了，不可能一辈子跟着自己，更何况她已经知道了自己的真实身份。有Scott和她终身相伴，再合适不过。杜鹃上大学和医学院时交过几个男朋友，后来都没成。从这段时间和 Scott 相处的过程中，刘一鹤对他印像很好，阳光，稳重，热情，性格好，人品好，医德好，没想到他们就相好上了。年轻人的事说不准，说来就来，看来最近有点因祸得福。刘一鹤一扫内心的阴霾，一下子高兴起来。杜鹃的婚姻大事是刘一鹤的最后一桩心思，不管如何，她毕竟是自己一手带大的女儿，谁都改变不了这个事实。其实毛娣也一直关心着这事，想帮着张罗。现在好了，这事圆满解决，对她母亲的亡灵也有了一个交待。

刘一鹤感到自己肩上的担子轻松了不少，抬头看见杜鹃端着茶水进来了，满脸羞涩，大概她刚才听到了刘一鹤和 Scott 的对话。

第十三章

事情到了这个地步，刘一鹤思考着如何向毛娣去解释，因为杜鹃是他们两个人共同抚养大的，如果说刘一鹤担当着父亲角色，毛娣担当的就是母亲角色。当时他们两个约定一辈子都不要将这件事情说穿，天底下就只有他们两人知道杜鹃的身世，想不到一场车祸使刘一鹤没能守得住这个约定。在给毛娣写电邮告知此事时，刘一鹤千头万绪，往事如烟，又被掩埋在了许多年前的回忆中。

　　杜鹃临死前将小杜鹃交给了刘一鹤，刘一鹤认了小杜鹃做女儿。刘一鹤从此含辛茹苦，他用米汤和南瓜糊一点点喂小杜鹃。黄狗还是懂事地每天上山自行打猎。刘一鹤用打来的兔子熬汤，自己吃肉，小杜鹃喝汤。毛娣几乎每天都往刘一鹤这里跑，帮着洗尿片，喂吃喂喝，照例将家里送来的红糖拿给小杜鹃补充营养。两个知青懵懵懂懂地担当起了做养父养母的责任。小家伙慢慢长大，居然长得白白胖胖，好玩得不行。

　　　刘一鹤用一个箩筐改成了一个背篓，他将小杜鹃放在里面，上工时背上。干农活时，就将小杜鹃放在田间地头。看着他这样，生产队的人同情者有之，挖苦者也有之。其实大家都知道这小女孩是队长的，一般人也不明说点穿。不过这生产队里有一个刺头，长得壮实，家里三代贫农，不太将队长放在眼里。有天在稻场脱粒谷穗，这小子和刘一鹤一起干活，嘴里就闲不住了，说刘一鹤傻逼，帮人家养野种贱丫头，其实他这是说给一旁队长听的。果不其然队长听了满脸赤红，十分尴尬，也不好发作，只是不住地拿眼睛偷看篓子里活泼可爱的小杜鹃。自从杜鹃死后，刘一鹤心里憋着一股愤怒，深感人太软弱就会被人鱼肉，死无葬身之地。他先没有作声，那小子不肯罢休，以为刘一鹤窝囊不敢回嘴。不料一句"野种贱丫头"惹恼了刘一鹤，立刻怒从心中起，恶向胆边生。因为长得高大，刘一鹤看上去有点虎虎生威，两眼圆睁。队长已经领教过了他的厉害，捂着被削掉指头的手躲在了一边。刘一鹤正在给新收的稻子脱米，他停下用手扶拖拉机改装成的脱粒机，上前一把揪住那刺头的衣领，两人掐起架来。刺头的蛮力是全生产队出了名的，一只手可以举起一个石头磨盘，平时一个人打俩，大家都有点怵他。经过劳动锻炼，刘一鹤身上的力气已经今非昔比，只不过平日里他一副书生气，没显出来。他是城市里来的，打架动脑子，而且长得高大，两三下就把那个刺头惯在了地上。那家伙不服气，站起来又上前，人还没有到跟前，被刘一鹤一个扫堂腿又打倒了。社员们一看不对劲，都上前将两人拉开。刺头抹掉浑身粘着的稻草，摸不着头脑。毛娣正好赶来，看见了刘一鹤打架，吃惊不小。她赶快背起小杜鹃，拉着刘一鹤离开。

　　从此以后，生产队的人对刘一鹤刮目相看，不敢招惹他，他再也不是那个任人摆布的右派知青了，右派知青这个词从人们的嘴上消失。除了畏惧，许多人参杂着好感和敬佩。人们常常看见刘一鹤背着一个背篓，身边跟着一条忠实的黄狗孤独而行，在炊烟袅袅的清晨，在晚霞绚丽的傍晚，在稻田边，在树林里，在山间小道上。

　　有一天毛娣上门来，见到刘一鹤不言语。平日里两个人打交道都是毛娣话说得多，主动，刘一鹤话少，被动。这天毛娣却一言不发。半晌，刘一鹤觉得有些异常，抬头不解地看着毛娣，只见她将小杜鹃抱在怀里逗她，有些舍不得的样子。

"有事？"刘一鹤看出了端倪。

"大队有一个知青招工的名额，他们给了我。你要是不同意，我可以推掉。"毛娣眼神很复杂，等待着刘一鹤的回答。

"这么好的机会，为什么不走？当初你就不应该和我到这里来。"刘一鹤一点都不拖泥带水。

"可还不是都为了你。"毛娣的泪珠子开始在眼睛里打转，本来心存希望，盼望着刘一鹤挽留自己，可是这一次她又失望了。这个男人对自己真是铁石心肠，但他为什么可以对杜鹃那么专情？看来他还在为以前的事情耿耿于怀。

刘一鹤心里明白毛娣在想什么，最近自己带小杜鹃，得到毛娣不少的帮助，有了不少好感，感情缓和了不少。有时看着毛娣像母亲一样细心喂小杜鹃，小杜鹃看着她甜笑，心中颇为亲切，温馨异常。但理智让刘一鹤埋下了头，说："走吧，这种地方有什么好呆的，不值得留恋。我家庭成分不好，恐怕要留在这里一辈子了，跟着我一点前途也没有。"

带着无限的遗憾毛娣走了，她去了省城的一家国营大工厂。走的那天，刘一鹤带着小杜鹃去送了她。带她走的还是当初那台送他们来的手扶拖拉机，突突突冒着黑烟在山路上摇晃着将毛娣送出了山区。

可是毛娣走了没多久就来信了，告诉了刘一鹤一个特大的喜讯。她在工厂听说，要恢复高考了！大山里闭塞，消息不灵通，刘一鹤将信将疑，将信反复看了好几遍，要真是这样，那就太好了，心里第一次有了感激毛娣的想法。不久父母也来信，告诉他到处都在传说要恢复高考了。慢慢地知青中也传开了，大家奔走相告。上中学时别人忙着政治运动，刘一鹤够不上资格，除了拉小提琴，就是看书。父母到五七干校劳动，他一个人在家，将父亲的书翻了个遍，自学了不少东西。高考的消息让他心里开始蠢蠢欲动。下乡时他带了不少数理化书籍，平时没事时翻翻，不曾荒废。他没有想过靠知识出人头地，就是喜欢。不过他不太清楚要考那些科目，复习什么内容。不久毛娣居然给他寄了不少收集来的各种各样复习材料。最珍贵的是里面有一套政治复习大纲，还是毛娣手抄的。毛娣在信中说，知道你其它没有问题，但政治落后，不要拉后腿。平时刘一鹤忽视的就是政治，一窍不通，漠不关心，这下好了，远水解近渴。知我者毛娣也，刘一鹤心里不免感叹道，终于有了相知和内疚的感受，觉得自己愧对人家，平时过于冷淡，不近情理。他第一次主动给毛娣写了一封感谢信，长长的。

　　因为家庭成分不好，政治面貌不佳，加上和地主女儿谈过恋爱，阶级立场有严重问题，刘一鹤知道自己招工的机会极微。知青中陆陆续续已经走了不少人，没有自己的份。以前推荐工农兵学员，讲究十六字方针，"自愿报名，基层推荐，领导批准，学校复审"，自己更是没有指望了。他已经做好了在这里过一辈子的打算。可是高考的消息如同春雷一般，在他死寂的心里点起了希望，黑暗中看见了一缕光线，激动得睡不着觉。劳动时他不免开始磨洋工，有时干脆不上工在家复习。晚上等小杜鹃睡着后，刘一鹤在煤油灯下继续看书，孜孜不倦。但是自己的家庭出身和政治面貌终究是一个污点，让他甚为担忧，挑灯夜读时心里不免七上八下。

　　有一天他到公社开赤脚医生会，看见报架上有一份人民日报，上面的标题立刻吸引了他的注意力。他取下报纸，开会时躲在一个角落目不转睛地一口气将文章读完：

《高等学校招生进行重大改革》

全面地正确地贯彻执行毛主席的教育方针 新华社一九七七年十月二十日讯：

　　教育部最近在北京召开全国高等学校招生工作会议，提出了关于今年高等学校招生工作的意见。今年将进一步改革招生制度，努力提高招收新生的质量，切实把优秀青年选拔上来，为在本世纪内实现四个现代化，尽快地培养又红又专的建设人才。 九月二十五日，英明领袖华主席，叶剑英、邓小平、李先念、汪东兴副主席，以及党和国家的其他领导人，亲切接见到会代表，给了代表们极大的鼓舞。 到会的各省、市、自治区文教办公室、教育局和招生办公室的负责人，国务院有关部委和一些高等学校的代表，认真学习了党的十一大文件，学习了华主席、党中央关于科学和教育工作的一系列重要指示，深

切体会到，在本世纪内把我国建设成为农业、工业、国防和科学技术现代化的社会主义强国，这是伟大领袖和导师毛主席、敬爱的周总理的宏伟遗愿，是我国工人阶级和全国人民伟大而光荣的历史使命。实现四个现代化，迫切需要培养和造就大批又红又专的建设人才。高等学校招生工作，直接关系到培养高级专门人才的质量，而且影响中小学教育，涉及各行各业和千家万户，是件大事。我们一定要努力做好招生工作，切实地把优秀青年选拔上来，快出人才，早出成果，加速完成"建立无产阶级知识分子的队伍"的重大战略任务，为建设伟大的社会主义现代化强国作出贡献。　与会代表回顾了建国以来高等学校招生工作的情况。大家说，建国以来，尽管我国教育战线的工作受到了刘少奇、林彪、"四人帮"的严重干扰和破坏，但是，在毛泽东思想的光辉照耀下，广大教育工作者辛勤劳动，为人民出了力，为社会主义事业作出了巨大的贡献。二十八年来，毛主席的革命路线在教育战线始终占主导地位。在毛主席的英明领导和周总理的亲切关怀下，招生工作和教育战线的其他工作一样，都取得了很大成绩。这主要表现在：实行了统一招生、统一分配的制度，体现了社会主义制度的优越性；采取了一系列有效措施，使大学招收的学生中工农及其子女的比例逐年增加；为各条战线输送了大批建设人才。现在各条战线，包括科学、教育、生产战线的骨干力量，大都是新中国自己培养出来的。"四人帮"为了实现他们篡党夺权的罪恶目的，制造"改朝换代"的反革命舆论，极力抹煞建国以来教育工作和招生工作的巨大成绩，否定毛主席革命路线的主导地位。他们鼓吹"宁要没有文化的劳动者",反对学生学习理论、文化科学知识。他们炮制交"白卷"的假典型,反对无产阶级选拔学生的标准,反对招生进行文化考查。他们极力破坏党的优良传统和作风,致使招生工作"走后门"的恶劣现象,越来越严重。他们大搞形而上学、绝对化,利用在教育部窃取的权力,背着党中央、国务院另搞一套,否定中央在招生和分配工作上的领导权。"四人帮"的干扰和破坏,使高等学校招收新生的质量逐年下降,破坏了工人阶级知识分子队伍的建设,造成了各条战线科技人员青黄不接的严重状况,拖了四个现代化的后腿。我们一定要高举毛泽东思想的伟大旗帜,深入揭批"四人帮",肃清流毒,全面地正确地贯彻执行毛主席的教育方针,采取强有力的措施,提高高等学校招收新生的质量,广开才路,快出人才,尽速改变教育与社会主义事业发展严重不适应的状况。　根据会议提出的招生工作意见,今年高等学校的招生工作有了重大改革。　今年的招生对象是:工人、农民、上山下乡和回乡知识青年(包括按政策留城而尚未分配工作的)、复员军人、干部和应届高中毕业生。年龄二十岁左右,不超过二十五周岁,未婚。条件是:政治历史清楚,拥护中国共产党,热爱社会主义,热爱劳动,遵守革命纪律,决心为革命学习;具有高中毕业或相当于高中毕业的文化水平(在校的高中学生,成绩特别优良,可自己申请,由学校介绍,参加报考);身体健康。另外,对实践经验比较丰富并钻研有成绩或确有专长的,年龄可放宽到三十岁,婚否不限(要注意招收一九六六、一九六七两届高中毕业生)。　招收新生要坚持德、智、体全面衡量，择优录取的原则，实行自愿报名，统一考试，地、市初选，学校录取，省、市、自治区批准的办法。报名时可以根据自己的爱好和特长，按学校和学科类别填写二至三个报考志愿。考试分文理两类。今年，文科的考试科目是：政治、语文、数学、史地。理科的考试科目是：政治、语文、数学、理化。报考外语专业的要加试外语。由省、市、自治区拟题，县（区）统一组织考试。 录取学生时，将优先保证重点院校。医学院校、师范院校和农业院校，将分别注意招收表现好的赤脚医生、民办教师和农业科技积极分子。将注意招收少数民族学生，并注意招收一定数量的台湾省籍青年、港澳青年和归国华侨青年。毕业后要服从国家统一分配，到祖国最需要的地方去，到最艰苦的地方去。 会议对招收研究生的工作进行了讨论。今年招收的研究生将从工厂、农村、学校、部队、机关、企事业单位和科研单位选拔，也可从应届大学毕业的学生中选留。招收研究生的条件，除政治表现与高等学校招生要求相同外，要具有大学毕业文化程度，有一定的研究才能和专业特长。有专业特长和研究才能的工农兵、在职职工不受学历限制，但须具有同等的文化程度。 会议还就共产主义劳动大学、七·二一大学、五·七大学的招生问题，以及有计划地招收"社来社去"学生，和举办进修班等问题，提出了相应的意见。 今年高等学校招生工作推迟到第四季度进行，新生将于明年二月底以前入学。 会议指出，教育战线和全国其他战线一样，形势大好。广大干部、教师热烈响应华主席的号召，为建设四个现代化的社会主义强国培养人才的积极性空前高涨；亿万青年为革命学习文化科学知识，向四个现代化进军的热潮，正在兴起。会议要求各级党委加强对今年招生工作的领导，广泛宣传大学招生的重要意义，深入进行政治思想教育工作，发展大好形势，把招生的过程，变成动员广大青年更积极、更自觉地为革命学习文化科学知识，走又红又专道路的过程。参加招生会议的代表殷切希望广大青年响应党中央号召，坚持党的十一大路线，树立为革命努力攀登文化科学高峰的雄心壮志，接受祖国的挑选。要"一颗红心，两种准备"。录取的，要努力为革命而学习；没有被录取的，要坚守工作岗位，愉快地上山下乡，抓革命、促生产，在实践中学习提高。不论上大学，还是在工作岗位，都要认真学习马列主义、毛泽东思想，钻研业务，精益求精，为实现四个现代化努力做出贡献。

（1977-10-21 第 1 版专栏：

http://rmrbw.cn/http://rmrbw.cn/columns.php?action=col
umns）

　　看完后，会散了，只有刘一鹤一个人还呆呆地拿着报纸坐在那里，口中喃喃道："择优录取的原则，实行自愿报名，统一考试，。。。自愿报名，统一考试，自愿报名，统一考试，自愿报名，择优录取，择优录取。。。。"。公社卫生所的卫生员看见他手里捏着报纸痴呆呆地自言自语，用手摸了一下他的前额，说："你没事吧。"

　　刘一鹤对卫生员说："这份报纸可以给我吗？"

"上面写的什么玩意，让你这么着迷？"卫生员和刘一鹤挺熟，伸过头来瞧了一眼，"这篇文章我也看过，高考要重新回到文革前的招生方法了。怎么，你想考大学？"

"想！"刘一鹤斩钉截铁地回答，两眼放着光芒。"这一辈子我就指望它了。"他毫不掩饰内心难掩的兴奋，像一位准备远航的水手，期盼着那即将到来的挑战。

"好吧。你拿去。平常学习中草药就你进步最快，脑子灵光。凭考上大学，大概没有几个人比得过你。"卫生员同意了刘一鹤的要求，他一直觉得他蹲在这大山窝里屈才。

像往常一样，每次出门刘一鹤都背着小杜鹃，这次也不例外。大家都知道他领养了一个野种，因为没人愿意收留这个小孩，怕麻烦，乐观其成，见怪不怪了。刘一鹤陪着杜鹃来找过卫生员打胎，卫生员知道一些内情，很同情杜鹃的悲惨遭遇，有点后悔当初没有想点土办法把胎打掉。不成想肚子里的小孩已经长得这么大了，又漂亮又好玩，钦佩刘一鹤的为人。卫生员偷偷地塞给了刘一鹤几盒葡萄糖液，让他给小杜鹃补充营养。刘一鹤感谢不尽，望着卫生员不知说什么好。他收下了葡萄糖液，将报纸叠好，欢天喜地地出了门。

回生产队的路上，刘一鹤心花怒放，忍不住直哼哼，人民日报上的文章是他看见的第一份正式关于高考的文件，看来恢复高考这事十有八九是真的了，而且还自愿报名，择优录取，这下心里有了底，以前的疑虑担心一扫而光。半路上他停下来靠坐在松树旁，又将报纸翻开看了几遍，反复琢磨，里面的每个字都是那么赏心悦目。他想到了更远，今年一年之中，三个中央领导人毛泽东，朱德，周恩来都相继去世，预示着世界要发生翻天覆地的变化，恢复高考只是前兆。他想到了饱受磨难的父母亲，想到了如何调整好自己来迎接新时代。刘一鹤抬头望去，远处恢宏的山峦起伏，莽莽苍苍，天地悠悠，有种天将降大任于斯人也的感觉。耳边松涛阵阵，仿佛时代开始呼唤。松针的清香入鼻，让他神清气爽。他面对着小杜鹃说："笑一个，为爸爸带来好运。"小杜鹃真的笑了一个，眉清目秀。

　　一花知春，一叶知秋，刘一鹤隐隐觉得时来运转了。几十年以后，刘一鹤还珍藏着这份报纸。

第十四章

　　回到生产队后刘一鹤就彻底不上工了，成天关门复习，队长拿他没有办法，只好由他去，不免悻悻然，心想看你逃不逃得过我的手掌心。刘一鹤岂有不知，他又想到了杜鹃开证明信的事。

　　天气渐渐秋寒起来，红枫摇曳。除了照顾小杜鹃，刘一鹤为自己排满了复习计划，累了就拉一段小提琴或二胡解乏。

135

复习数学时刘一鹤将公式编上号，想考自己，就问小杜鹃：
"请问老师，想考我哪一条？"小杜鹃眨一下眼，他就背公式
一，小杜鹃眨两下眼，他就背公式二。复习政治题时，他又问
小杜鹃，"请问领导，今天学习哪一条？"小杜鹃咯一笑，他
就背题一，小杜鹃咯咯两笑，他就背题二。一大一小，两人师
生关系和领导关系清清楚楚，绝对服从，以至多年后刘一鹤回
忆起来都还忍俊不住。这个公社的知青大多数都是以前一个中
学毕业的，知道刘一鹤的功课好，这时临时抱佛脚，从公社的
各个角落来上门找他。刘一鹤耐心辅导他们，也巩固了自己的
知识。可惜这拨人上学时不好好学习，受读书无用的影响，基
础实在太差，扶不起的阿斗。不过他们倒是给刘一鹤带来了不
少外部高考消息，让他如坐中军帐。

　　不久高考报名开始了，刘一鹤背上小杜鹃离开了生产队
去了公社，径直来找公社卫生员。公社卫生员将他领到公社秘
书那里，说我手下有个赤脚医生要报名参加高考。秘书和刘一
鹤认识，问他生产队的介绍信呢？还没有等刘一鹤开口，卫生
员说："又不是不认识，报个名哪还要那么复杂的手续。小刘
是我手下的赤脚医生，出了事我负责。噢，忘了，你岳父要的
治头痛的安乃近已经给你开好了。"说完卫生员将一瓶药递给
了公社秘书。秘书笑着将药瓶装在了口袋里，然后将刘一鹤的
名字端端正正填在了报名表格里，刘一鹤看见上面密密麻麻写

满了名字。秘书将准考证和考试表格给了他，告诉他考试地点在公社中学里。

出了公社大院，刘一鹤问卫生员怎么谢。卫生员说："哪里话，考上大学后只要不忘记我就行了。你这是凤凰要飞了，想留也留不住。"说完不免有点伤感。"不过我看你胸怀鸿鹄之志，绝非平庸之辈，岂可在这里浪费余生。你要是能去上大学，也算我做了一件好事，积点德。"刘一鹤后来飞黄腾达，每每回首，十分怀念卫生员的知遇之恩，此是后话。

回到生产队后，刘一鹤像没事一样，照常复习。看见刘一鹤没有来开证明，还是不上工，队长满腹狐疑，不知他葫芦里卖的什么药。他有时有意无意地从刘一鹤的门前经过，一是探看刘一鹤的动静，二是惦挂着小杜鹃，常常不得要领而去。

考试那天，天下起了冬天的第一场大雪。为了赶上考试时间，刘一鹤起了一个大早背着小杜鹃踏雪翻山去公社。在白茫茫的路上走着，刘一鹤突然记起今天是杜鹃殉难一周年的日子。想着杜鹃一年前迈上了不归路，刘一鹤的心情觉得很沉重，背上的小杜鹃也一岁了。刘一鹤望着天上的彤云，一面在密林里穿行，一面为杜鹃的在天之灵祈祷。

到了公社，刘一鹤将小杜鹃交给了卫生员。他将小杜鹃脖子上的围巾裹紧，在她冻得通红的小脸蛋上亲了一口，然后一人来到考场。公社中学门前狭小的操场上黑压压一片，雪花飘扬中人声嘈杂，刘一鹤见到了许多衣衫褴褛，手里提着饭盒赶考的知青和少数当地青年。大家黑红脸膛，干枯嘴唇，胸口的口袋里都别着一只钢笔，唤回些许学生时代的记忆。不过这赶鸭子上架的一幕，多少让人有点觉得滑稽。大家彼此用长满老茧的手打着招呼，都期望这鲤鱼龙门一跳，摆脱命运的束缚，跳出无穷无尽无边无岸没有指望的穷山大沟。可是大家心里都明白，这是千军齐过独木桥，只有极少数的人才能通过。

　　刘一鹤正和大家打着招呼，却看见队长阴森森的眼睛在远处盯着自己，他是送侄儿来考试的，不期与刘一鹤相遇。队长眼神游离，满脸不解刘一鹤如何出现在考场上，又似乎有些焦急和不安，因为他没有看见小杜鹃，他在人群中极力寻找。当他的目光和刘一鹤的目光相遇时，马上胆怯地避开了。刘一鹤鄙视地看着这个让人厌恶的面孔，决定不理他，免得坏了自己的心情，耽误了考试发挥。操场上的钟响了，人流拥挤地涌入墙上写有"农业学大寨"标语的土围墙内，消失在各个教室里，外面一下子安静下来，只有几只寒鸦在枯枝上呱噪。

　　两天考试完了，题目大部分都会，刘一鹤感觉良好。唯一压在他心头的石头就是不知自己政审这一关过不过得了。背着右派父亲的黑锅，想起那些根正苗红被推荐上大学的工农兵学员，刘一鹤心里没底，到了这一步，也只好听天由命了。不过公社卫生员放话，他已经和公社书记沟通过，如果下面阻拦，公社帮助解决。而且卫生员还告诉刘一鹤，他写了一份非常好的鉴定材料给了公社，夹在了刘一鹤的档案里。刘一鹤不免感叹道，天下得一知己者足矣。当然还有区里县里的知青办，实在不行可以找他们。

　　考完试一下子闲下来，刘一鹤有点不适应。大冷天也没有太多的农活可干，各家各户用风干的老树疙瘩窝在家里烤火取暖。刘一鹤蜗居在家，望着窗外的片片雪花，惦记着高考的结果。不知不觉心里想起了省城里的毛娣，不知她考得怎么样了。刘一鹤很奇怪自己有这种想法，自己开始惦记起毛娣来。他想起了毛娣这些年来的许多好处来，特别是这次复习高考，毛娣尽心尽力，有多少女孩子能够做到这点。

　　当然在风雪天看着小杜鹃好玩的样子，刘一鹤思念得更多的还是杜鹃，她给了自己唯一的一次爱情，刻骨铭心。这天刘一鹤取出杜鹃留下的二胡，调好音弦，对着床上的小杜鹃拉了起来。正尽情地拉着，突然有人猛烈敲门，不等刘一鹤起身开门，来人就裹风携雪推门进来了，原来是公社卫生所的卫生员。

　　"小刘，恭喜恭喜，这是你的大学录取通知书。"说完卫生员摘下手套，从公文包里掏出一个信封交到了刘一鹤的手中。信封已经打开过，刘一鹤从信封里面掏出信笺，果然是盖着大红印章的医学院录取通知，而且还是自己的第一自愿。通知书上写明让他二月份到学校报到。

　　刘一鹤看着手微微颤动，感激万分地说："这么大的雪，你从公社来？"。

　　"可不。今天早上我在公社秘书那里看到了这封寄给你的信，猜想大概是你的录取通知，忍不住打开了。原来是省城全国著名的医学院，县医院的院长就是那里毕业的，公社里大家都为你高兴，大家让我向你祝贺。我想你一定期盼着录取通知书，顾不了满山大雪急忙赶来送给你，与你分享。不简单，全公社现在只有你一个人被录取了。你这个赤脚医生变成了正规医生，土鸡变凤凰，苦日子熬出了头。将来你当了大医生，我到城里去看你，免不了有事还要求你。"

　　刘一鹤心头一热，说："说哪里话。要不是你一直帮忙，我恐怕连名都报不上。将来只管来找我。我不会忘记你的。"

　　看着床上的小杜鹃，卫生员问："那她怎么办？"

　　"带走。"刘一鹤没有一丝犹豫，走过去将小杜鹃抱了起来，使劲地在小脸蛋上亲了起来，高兴地说："爸爸要当医生罗。"刘一鹤将她高高举过了头顶。

　　卫生员张大了嘴，"你疯了，带着她怎么上课。她连个城市户口都没有，怎么养活她。实在不行把她还给他爸。"

　　"谁是她爸？"刘一鹤停了下来问卫生员。"那个畜生也配？不行，我一定要将她带走。"杜鹃临终前的嘱托让他义无反顾。刘一鹤用黄狗打的兔子好好招待了卫生员一餐，两人感慨万分，说了许多贴己的知心话。

　　第二天一早，刘一鹤带着黄狗背着小杜鹃踏雪去了杜鹃殉难的山崖前，重温去年杜鹃的艰难之旅。望着大雪封盖的山下，刘一鹤知道自己再也不会回来了。他抱着小杜鹃，举起她的小手对她说："和妈妈再见。"

　　"妈妈。"不料小杜鹃张开粉嫩的小嘴喊了一声。尽管声音微小，刘一鹤听得真切，欣喜若狂。他对着雪山雪谷雪松喊道："杜鹃，你听到了吗？"一阵风雪在脚下山谷里回旋，仿佛是杜鹃的亡灵在回应女儿的呼唤。刘一鹤在小杜鹃的脸颊上亲了又亲，原来她会说的第一句话是喊从未见面的妈妈。

　　不久刘一鹤接到了毛娣的来信，她离录取分数线还差几分，名落孙山。

　　刘一鹤要走的消息很快就传遍了生产队和大队，他的门上顿时热闹起来，大家都来向他祝贺，唯独不见队长。有天夜里刘一鹤已经熄灯睡下了，忽然有人轻声敲门。刘一鹤披衣起床，点燃煤油灯打开门，居然是畏首畏脑的队长。

　　"你来干什么。"刘一鹤喝道，警惕地观察他。

　　"听说你要走了，我想向你说声对不起。你回了城里不要嫉恨我做的孽，报复我。"原来怕的是这个。

　　"奶奶的。你还有脸上门。滚走！"刘一鹤怒喝起来。

　　不成想刁横成性的队长突然跪了下来，打起自己的嘴巴来，完了可怜巴巴地问刘一鹤："你走后那个小孩怎么办？可千万不要交给我，区里有个孤儿院，有她一条活路。"

　　"妈的巴子，黄狗，怂。"刘一鹤怒不可遏。卧伏在灶台后面的黄狗汪地一声就窜了出来，吓得队长夺命而逃。刘一鹤听到院子里一阵厮打声和讨饶声，他关上门，不去管它。

　　都说狗通人性，时间一久，黄狗似乎看出了异端。它整天围着刘一鹤打转，念念不舍，有时还用舌头舔小杜鹃，两眼温情毕露。望着黄狗，刘一鹤真正泛起愁来，不知如何处置这个衷心的伙伴。这一年多来多亏了黄狗知恩图报，大人小孩才得以渡过难关。突然间黄狗勤奋起来，不断上山打回许多的野物，堆放在屋里。刘一鹤用异样的眼光看着黄狗疯狂地做着这一切，不知它要干嘛，拦都拦不住。可是有一天黄狗不见了，消失了，刘一鹤山前山后失了魂一样地到处转找它，就是看不见它的踪影。

　　和毛娣离开时一样，刘一鹤走的时候还是那台送他来时的手扶拖拉机送他出山的，不过手扶拖拉机旧了许多，费力地吭哧，还不时在路上抛锚，惹得驾驶员一面修理一面骂骂咧咧。驾驶员说："当时接你们来，都说扎根农村一辈子，结果一个个都走了。接送你们这些知青都是这台手扶的功劳。看，连它也不愿意了。"刘一鹤递给驾驶员一支香烟，让他消消气。

刘一鹤不经意间瞥见了山岗上一个人影，知道那是队长。

到了区上，刘一鹤和小杜鹃转了去县城的长途汽车。当汽车缓缓驶离区镇时，刘一鹤突然在一群流浪狗里看见了黄狗，他的眼泪顿时夺眶而出。

在飞驰的列车上，同坐的也是几位刚考上大学的知青，男男女女，大家互报家门和要去的学校。看着刘一鹤抱着个小女孩，都好奇地问是不是他的小孩。刘一鹤点点头，也不多做解释。为了响应党的号召，各地都有知青和当地农民结婚扎根农村一辈子的典型，倒也不觉稀奇。只是大多数人都想回城，不愿和当地农民结婚。

在哐当的列车行驶声中，有个扎辫子的女知青问刘一鹤："把孩子她妈一个人留在农村？"

"她妈出了意外身亡了。"刘一鹤平静地回答。

"对不起啊。我说怎么会一个男的带着一个孩子回城读书，原来这样，太不幸了。不过小孩是农村户口怎么在城里呆下去呢？"女知青还是很好奇，其他人也都竖着耳朵听。

"我也不知道，先带回来再说吧。"其实刘一鹤已经在公社开了证明，上面写着小杜鹃是刘一鹤的女儿，母亲身亡，看到了省城能不能在当地上户口。公社秘书将证明信交给他时，一再问："想好了？可不许后悔。"刘一鹤点点头说不后悔。秘书将这个棘手的山芋交给了刘一鹤，如释重负。刘一鹤揣上证明信，也如释重负，他生怕公社不给开这个证明。毛娣来信极力主张将小杜鹃带回到省城来交给她抚养，不耽误刘一鹤在学校学习。毛娣说以她父亲的地位也许可以在小杜鹃报户口的问题上帮得上忙。为了可以时时看到小杜鹃，刘一鹤听从了毛娣的建议，填自愿时全部报了省城的大学。

　　同坐的知青们开始将注意力从小杜鹃身上转移到了高考的题目上来，讨论热烈，都想知道哪些题目答对了。他们这群人中有考得好的有考得差的，不过能上大学，绝对是一件开心的事情，满车厢就他们这个座箱欢声笑语。刘一鹤因为有小杜鹃在手，他没有参加讨论，只是在一旁静静地听，和大家一起享受这份属于他们这代大学生的快乐。在这嘈杂的声音里，刘一鹤的耳朵边忽然有一个声音在喊"爸爸。"他惊奇地扭过头来，发现小杜鹃正对着自己甜笑，小酒窝一闪一闪，像她母亲一样。

　　对面的那个女生也听到了，笑着对刘一鹤说："你女儿真乖，这么小就会喊爸爸。"

　　"这可是第一次。"刘一鹤开心坦白地说，心中乐开了花。小丫头，总算没白养。

　　其间开饭，刘一鹤拿出了黄狗打的兔肉和大家分享。那个女知青拿起茶缸到车上的开水间去打来开水递给刘一鹤。刘一鹤谢了她，然后用饼干蘸开水喂小杜鹃。女知青在一旁夸刘一鹤很会照顾小孩，她有时将小杜鹃抱过去让刘一鹤换换手。从刚才的自我介绍中，刘一鹤知道她和自己去同一所医学院校报到，她叫赵旒华。

到了省城，列车停在了站台上。同坐的知青们互相道别，交换了地址，嚷着保持联系。车上的人流挤挤攘攘往下挤，毫不相让。刘一鹤抱着小杜鹃守着行李干脆坐着不动，等大家走光了再走不迟，赵旒华决定留下来帮他一把。望着车窗外熙熙攘攘的人流和天空，刘一鹤深呼吸了几下，熟悉的空气让他倍感亲切，做梦也没想到自己居然又回到了这个城市，其间经受的酸甜苦辣让自己蜕变成了一个新人，对这个世界充满了思考和向往。

下了火车，刘一鹤和赵旒华一起走向出站口，老远就看见毛娣的身影在向这边挥手。毛娣穿一身蓝色背带裤工人服装，工人帽下一双粗黑的辫子从后面伸出来，显得干净利落，非常精神。她比在农村时白了不少，丰满的身躯里洋溢着青春的气息，让两个面目黢黑刚从农村来的知青自惭形秽。毛娣看着浑身破破烂烂的刘一鹤，赶快从他手中接过小杜鹃，她睁着大眼不停地打量着胖乎乎的小杜鹃，忍不住在她脸蛋上亲了又亲。刘一鹤向新认识的同学介绍毛娣原来和自己是一个大队的知青，先一步招工回城。赵旒华和毛娣打了招呼后向刘一鹤说了声学校见，就一个人背着行李走了。

望着她的背影毛娣问刘一鹤："她是你同学？"

　　刘一鹤点点头，"刚刚在火车上认识的，被同一个学校录取的。"刘一鹤感觉得出，凡是和自己打交道的女性，毛娣都充满了好奇心。两人高高兴兴地坐在毛娣要的一辆脚踏三轮车来到毛娣的工厂，他们进到了一间筒子楼，里面住满了青年女工，工装工服，青春活泼。刘一鹤腼腆地和大家打着招呼，引来女工们好奇的眼光。刘一鹤观察了一下四周，放下心来。他向毛娣和小杜鹃辞别，独自一人先回家看望父母。从此小杜鹃有了一个新家，一直和毛娣住在一起，一直到刘一鹤后来将她接到美国。

第十五章

　　刘一鹤回到了家里，父亲正在练习"站桩"，两腿弯曲，手里抱着个看不见的空气球身体前后轻轻摇晃运气。看见儿子突然开门风尘仆仆推门进来，父亲喜出望外，马上停止了练习，高声喊正在厨房里做饭的老伴。刘一鹤的母亲急急忙忙地从厨房里出来，两只手在胸前的围兜上擦着，径直来到刘一鹤面前。刘一鹤放下行李，让父母尽情打量自己，他们已经有一段时间没有相见了。经过文革的劫难和洗礼，大家天各一方，彼此挂念，都熬过来了，乍一见面，有点恍若隔世，浴火重生的感慨。刘一鹤看见眼前父母的头发都花白了，满脸都是在五七干校里留下来的风霜坎坷。才几年的时间，他们有些见老，当年的书生意气和风流倜傥已经褪去，留下的是人世间的沧桑和淡定。当年他们万里迢迢留学回国，大概做梦都没有想到这个结局。刘一鹤的心里不免有些伤感，眼框发热，强忍着不让眼泪流出来。看着黢黑健壮的儿子成熟稳重，高大挺拔，像一个刚从疆场冲杀回来的战士，虽然满身疲惫，却精神抖擞，情绪高昂，准备迎接下一场战斗，老两口眉角眉心荡满了笑意。自己的儿子没有被艰难岁月压倒颓唐，没有自暴自弃，没有什么比这更让他们宽慰的了。儿子回来了，而且是以考取大学的方式凯旋回来了。

刘一鹤的母亲顺手拿了一条毛巾，把刘一鹤牵到屋外，用毛巾前前后后将他满身的尘土掸掉，仿佛要将过去的一切摒除，让生活重新开始。刘一鹤心中泛起一丝亲切，记起小时候放学回家时母亲也是这么将自己身上的尘土打掉，才让自己进屋。

刘一鹤的母亲突然记起了什么，问刘一鹤："不是还有一个小女孩要一起带回来的吗？人呢？"

"让毛娣给接走了。"刘一鹤说。

"什么时候把她接到我们家让我带吧。"刘一鹤的母亲慈眉善目，有点心切地要求。

"可是毛娣不肯，执意要带。"刘一鹤回答母亲。

　　"她一个还没有结婚的大姑娘带一个别人的小孩多不合适，自己还要上班。其实毛娣一直对你有意，我们都看得出来，她喜欢你。我知道你一直有个心结，不要记前嫌，都是过去的事了，更何况文革发生的事与她无关，那时她还小。我和你爸爸现在都平反了，你爸爸的右派帽子也摘掉了。听说上面正考虑让他重新当院长，抓业务，还是毛娣父亲向上面反映提出的。他已经找你父亲谈过了，向你父亲检讨了自己以前的过错。他对你父亲说，毛娣只对你中意，想撮合你们俩人好，我和你父亲都觉得可以。毛娣人品不错，为人大方端正，又漂亮，懂道理。"杜鹃的母亲大概到了那个年纪，有些想抱孙子的想法。她无法知道和理解刘一鹤当年看见父母亲在众人面前被羞辱，被鞭子猛抽的感觉，以及心里所受到的伤害。

　　"妈，我肚子有点饿了。"刘一鹤岔开了话题。

　　刘一鹤的母亲立刻眼睛笑眯成一条线，"好，好。知道你今天回来，我刚给你炖了一锅红烧肉，还有甲鱼，都是你以前喜欢吃的。这几年你吃苦了，好好补补身子和脑子，马上又要上大学用脑筋了，加强营养第一。甲鱼是我们下五七干校那个地方老乡送的，市面上买不到。我们回城后他们经常来看我们，也请我们帮着办些事，大家像亲戚一样走动。"

　　他们回到了屋子，刘一鹤的父亲正等着，看见他们进来，急切问刘一鹤什么时候到学校报到。刘一鹤从印有为人民服务的绿色帆布挎包里将入学通知单取出，双手递给了父亲。

父亲拿着通知单，轻轻拿掉上面粘着的一根小草屑，默默看了许久。看着看着，他有些激动，连手都有些微微颤抖。他抬起头来欣慰地看着刘一鹤，带有几分自豪地说："孩子，不容易啊。我和你妈妈前些年连累了你的前途，让你平白无故受了许多委屈和歧视。我们一无所有，能给你的只有知识，虽说现在不值钱，将来一定大有用处。好在你争气，考上了大学，要好好珍惜这来之不易的机会。我们这个家庭的人只有走学而优则仕的路才行。我为你骄傲。"

刘一鹤的母亲接着说："知不知道，我们这个院里只有你一个子弟考上了大学，都传遍了。我和你父亲走到哪里都有人向我们伸出大拇指，好久没有这么让人尊敬了，你为我们争了光。来，将这块瘦肉吃下去。"说着母亲将一块红烧肉夹进了刘一鹤的碗里。肉真香，刘一鹤在父母的注视下大口嚼着，狼吞虎咽，在农村养成的吃相。不知怎的，他突然想起了黄狗，不知它现在在哪里流浪着，心里不免伤感。大家吃着谈着，在刘一鹤的记忆里，他们一家人已经好久没有这样在一起聚餐了。

"还拉不拉琴？"父亲问刘一鹤。

"每天都拉。"刘一鹤回答。要是没有琴，刘一鹤很难想像自己如何能渡过山沟里那寂寞枯燥的生活。这天晚上，父子俩尽性地拉了一晚上的小提琴，谈着各自的种种遭遇，庆祝

149

新的生活来临。刘一鹤还拿出杜鹃的胡琴，向父亲讲述了杜鹃一家的悲惨故事，听得父亲泪水横流，仰天叹息。

开学的那一天，刘一鹤背着行李到学校报到，老远看见校门口打着欢迎新生的红色条幅，那里熙熙攘攘挤满了新报到的学生，大家脸上都呈现出喜气洋洋。刘一鹤在一张桌子前报了自己的班级，立刻就有几位工农兵学员上前将他的行李接过去，大家兴高采烈地一起向学生宿舍奔去。他们进了一栋水泥房子，工农兵学员熟门熟路地将刘一鹤领进了他的房间，然后七手八脚为他铺好床铺，完了告诉他开水房和食堂在哪里。他们还要去接其他的新生，为刘一鹤安排好后一窝蜂地走了。望着这群生龙活虎和自己年龄相仿的工农兵学员远去的背影，刘一鹤想，如果自己的政治条件好一点，说不定自己也会是他们中的一员。所幸自己不是，真是时代造化人。

在学校行政楼办了入学手续，领了饭票和学生证，刘一鹤来到医务室体检，不巧遇见了赵旎华。赵旎华当时正在看一封信，嘴角笑得甜蜜蜜的，信纸上还别着一枚标准照，是一个年青的军人，眉宇间透着英武。赵旎华看得正专心，以至于刘一鹤站在她旁边也没有发现。听见刘一鹤打招呼，赵旎华抬起头来，红着脸不好意思地将信收好。她腼腆地告诉刘一鹤信是她丈夫寄来的，在部队当兵，是以前的中学同学，一起插队时被应征入伍的。

"你女儿呢？"赵旒华关心地问。

"在她毛阿姨那里。"

"就是那天来接火车的那位？她真够漂亮的。"赵旒华对毛娣印象深刻，夸赞道。

刘一鹤点点头，说："下乡时她就帮我照顾女儿，有了感情，当成自己的闺女一样。"

"你爱人已经亡故了，要是还有机会，其实我觉得你们俩挺般配的。"赵旒华弯着眉毛说出了心里的想法，眼光甜蜜。

"马上要开始学习了，时间紧张，哪还有时间考虑这个。我在担心自己的底子薄，不能胜任学习任务，我得全心对付才行。"刘一鹤回答。这时校医开始呼唤他的名字，轮到他体检了。

做完体检回到宿舍，系里的政治辅导员来找刘一鹤，她是上两届留校的工农兵学员。扎着短辫一脸娃娃相的政治辅导员告诉刘一鹤，系里根据高考成绩决定让他当系里的学习委员，问他愿不愿意。听了这话刘一鹤很惊讶，这是有生以来刘一鹤第一次做学生会干部，他有点不适应，犹豫了一下，还是同意了，看来时代真是变了。开全年级大会时，系党总支书记向大家介绍新年级学生会干部名单，并让新干部一一上台。让刘一鹤有些意外的是赵旒华是学生会主席，自己是学习委员，然后是体育委员，生活委员，宣传委员，另外还有学生党支部书记，团支部书记，前台站了一大排。刘一鹤望着大教室里黑压压地坐满了新生，情绪热烈。有的稚气未脱，有的头发秃顶，男男女女，大家来自机关，工厂，农村和部队，口音天南海北，欢声笑语。

　　新生们先进行一周政治学习，然后开始上业务课。第一堂课时，有个白发苍苍的教授走上大教室讲台，因为情绪激动，竟然半天说不出话来，只抹眼泪。过了好一会他才对新生们说，自己已经十年没有给学生上课了，今天重新走上讲台，心里高兴啊。大家在下面交头接耳，这就是名闻全国的一级教授，蜚声学界的学术权威，学校第一块牌。他从美国留学归来，文革中被打倒，扫厕所，下放，被自己的学生戴高帽子游行，老伴跳楼自杀。刘一鹤看着老教授，不免勾起了对往昔的回忆，想到了自己的父亲，感慨良多。老教授一旦开讲，立刻以他渊博的学识语惊四座，口若悬河，滔滔不绝，大师风范尽显。他告诉新生们，这堂课他备了一个星期。刘一鹤觉得自己非常荣幸，有此耳福聆听这位德高望重的老教授亲自授课，他几乎一字不漏地将所讲内容都吸进了脑子里。环顾四周，同学们个个除了敬佩还是敬佩，唰唰地做着笔记。多年以后当刘一鹤自己也成为学术大师时，他还记得这个老教授的形象和他的谆谆教诲，并一直以这位老教授作为自己的楷模加以效仿，培育年轻一代。

上完课，刘一鹤走到前面想请教问题，不料老教授已经被围得水泄不通，大家求知欲旺盛。刘一鹤只好离开回到宿舍，经过门房时，门房老头将他喊住，说有人找，在宿舍等他。刘一鹤快步回到宿舍，原来是毛娣带着小杜鹃来看他，她们正坐在自己的床铺上。

"今天我轮休，带着小鹃来看看你。"毛娣抱着小杜鹃对刘一鹤说，她对四周的一切充满了新鲜感。看得出她非常羡慕这个拥挤的宿舍。

看见小杜鹃刘一鹤满心高兴，"来，爸爸抱抱。"刘一鹤将小杜鹃抱起，在她的脸蛋上亲了又亲，她被毛娣收拾得干干净净，雪花膏香味从红苹果一样的脸蛋上四处飘散，两眼闪着童稚的光芒。

"这是你女儿？"同宿舍的男生惊奇地问，都围拢了过来，将他们团团围住。新生中大部分都没有结过婚，所以看见小孩很好奇，轮流地抱着杜鹃逗她玩。小杜鹃也不认生，赏每个人一个笑脸。

"老刘，你有福气，爱人这么漂亮，还有一个漂亮女儿。"因为刘一鹤有孩子，一个小一点的男生不了解内情改口称呼刘一鹤为老刘。结果毛娣闹了一个大红脸，赶快撇清，说他们只是同学和知青关系，弄得那个男生也不好意思起来。小杜鹃被大家你抱抱，我抱抱，一会儿就不见了，大概是被抱到别的寝室里展览去了。毛娣还沉浸在刚才的误会里，脸带幸福的羞色，不时抬眼看着刘一鹤，她发现刘一鹤好像换了一个人似的，精神焕发，谈笑风生，在学生里很有人缘。有人给毛娣刘一鹤打来饭菜，大家一面吃一面聊天。毛娣非常羡慕眼前这群大学生，朝气蓬勃，问了他们许多问题。

　　过了好一会，赵旃华和一帮女生才抱着小杜鹃回来了。赵旃华说："这个小家伙会表演节目，逗人喜爱。"大家又叽叽嘎嘎说笑了半天，才将杜鹃还给了毛娣，然后各自回房午休去了。

　　为了不妨碍同寝室的人休憩，刘一鹤和毛娣带着小杜鹃出了宿舍，在校园里溜达。他们沿着冬青树夹着的宽阔马路走着，毛娣到处张望，充满了新奇和求知的欲望。刘一鹤问毛娣还准不准备再考，毛娣说："起先还在犹豫，看了你们这么美丽的校园，我是无论如何也要再试一次的。不过我担心现在社会上和学校重视高考了，在校的中学生们会发奋努力，将我们这些社会人员甩在后面。我们现在上班经常加班加点，能读书的时间很少，还要带杜鹃，没有办法和他们比。"毛娣满脸显出遗憾的神色，继续道："这一次真可惜，我也就差几分。要不然，也和你一样成为大学生了。"

　　"你还有机会呀。"刘一鹤鼓励道。

　　"人生有时候就像海里的浪潮，如果没有赶上第一波，以后再怎么努力，恐怕永远都赶不上了。"毛娣语调里带着懊恼。

"我这里有许多复习资料，需要什么，告诉我一声。"刘一鹤想起在农村时毛娣给自己寄过许多复习资料，说："谢谢你以前寄给我的高考复习材料，没有它们，我能不能考上大学还不知道呢。"

"其实以前上中学时你的学习一直很好。你的家庭情况让你专心学习，基本功扎实，即使没有我的帮助，你也一定能考好。这叫因祸得福。"帮了人家还不居功自傲，这是毛娣的一个最大优点。

"我妈说了，她愿意带小鹃。你要是太忙，就送杜鹃到她那里去。"刘一鹤说。

"不用，我愿意带小鹃。想起她妈妈，我就更心疼这个孩子。这个世界上除了你，就是我最了解她的身世了，舍不得，还是我带她最合适。你放心，专心学习，其它的事情我来管。"早春的艳阳照射在毛娣的年轻脸上，一片美丽的柔色，带有甜甜的母爱。

"可是人家会对你有闲话的。"刘一鹤想起了母亲的话，一个大姑娘家为别人带孩子。

"随它去，我不在乎。再说你不也是吗？有你在前面做榜样，我怕什么？我就当她是我们俩共同的女儿。"毛娣执着地回答。"另外，我到派出所问了，小鹃的农村户口很难转成城市户口。他们说现在这种情况很多，上面又没有政策。有许多知青在下面结了婚，一方回来了，农村配偶和小孩不能转成城市户口，两地分居。我已经和我父亲谈了小鹃的情况，他同意帮助想想办法。好在小鹃还小，吃不了多少。我父亲是高干，每天有一瓶牛奶供应，他说让给小鹃喝。知不知道，前几天他将那台电子管收音机还给了你们家。"

听到这个，刘一鹤的内心猛然揪了一下，心情有些复杂，东西可以还回来，可惜历史不能再复原位了。他不想让不愉快的过去搅乱了此时的心情，于是领着毛娣参观了学校图书馆，里面的书多得让毛娣张目结舌。她对刘一鹤说："你终于找到了自己的归属，以前的苦没有白吃，好好学习。"从她的眼神里，刘一鹤读到了失落感。

下午的课要开始了，毛娣抱着小杜鹃离开了。刘一鹤一直望着她们走在冬青树夹着的道路上，消失在校门口。这个背影一直保留在刘一鹤的记忆里，永不褪色，因为毛娣真的担当起了抚养小杜鹃的责任，牺牲了自己的青春年华。

刘一鹤的思绪从遥远的过去收了回来，他品味着过去发生的一切。刘一鹤知道，毛娣所做的一切有相当的成分是为了自己。毛娣以前经常讲，她前世一定欠刘一鹤太多，今世是来还债的。毛娣还说过，"你终身不娶，我终身不嫁。"想起毛娣，刘一鹤内心深处有一种隐隐的痛，他甚至觉得他们两个是前世结下的冤家。刘一鹤打好电子邮件，向毛娣解释了车祸和后来发生的一切。为了让毛娣放心，刘一鹤详细地介绍了 Scott 的为人和职业，安慰她一切不用担心。

第十六章

时光荏苒，倏忽又过了十来年。刘一鹤凭着自己的聪明才智和勤奋已经成为了国际学术界泰斗，学科带头人，他当选为了美国科学院院士，前不久被另一所大学招聘为主管科研的副院长。由于他的声望和地位，他被频频邀请到世界各地做学术演讲报告。今年欧洲有一个重要的学术会议在意大利米兰举行，他被作为特邀嘉宾做开幕演讲。女儿杜鹃和她的丈夫 Scott 也各自在自己的医疗领域建树颇丰，他们一直和刘一鹤住在一起，悉心报答刘一鹤的养育之恩。自从知道了自己的身世后，在 Scott 的感化下，杜鹃成为了一名虔诚的基督教徒，信仰崇拜圣母玛丽亚。玛丽亚未婚生下基督的故事让她着迷。在她的心目中，自己的母亲就像玛丽亚一样是未婚生下自己的（Virgin birth），所以自己要像耶稣一样成为殉道者，竭尽所能将自己的一生无限奉献给天下受苦受难的人。每当她看见玛丽亚的形象时，就像看见了自己的母亲，光辉伟大，慈祥仁爱。米兰有一个专门为玛丽亚修建的世界第三大教堂 Milan Cathedral，意大利语叫 Duomo di Milano。知道刘一鹤要来米兰开会，杜鹃就带上自己十岁的女儿 Azalea 陪同刘一鹤一起来到米兰，朝拜这座心仪已久的大教堂，拜谒自己心中的圣母。自从十多年前知道自己的身世后，她全心孝敬着刘一鹤，对他悉心照顾。刘一鹤在她心中已经远远超出了父亲的范畴，他的无私品格是耶稣不朽的化身，刘一鹤让她懂得了如何去爱别人。

　　他们下榻在一家离会议中心不远的旅店里。刘一鹤住一间，杜鹃带着 Azalea 住在隔壁一间。刚放下行李，刘一鹤就接到以前的同事丁一打来的电邮。丁一前不久到中国去一家医学院当了院长。接手这个工作之前，丁一向刘一鹤反复征求了意见，因为他实在不想去，他对中国学术界的腐败深恶痛绝，月琴也极力反对。刘一鹤虽然自己和中国没有往来，但还是劝丁一接受这个职位。丁一说，你把我往火坑里推，不够朋友，我去了，你不能见死不救，你不能隔岸观火，我请你，你一定要来给我撑腰，讲学搞科研合作，当海鸥教授。丁一的这封电邮就是邀请刘一鹤去中国讲学的。丁一要在中国组织一个高水平的国际学术研讨会议，想请国际知名学者参加，提高中国的学术水平，刘一鹤自然跑不掉。想到自己的承诺，刘一鹤只好答应，给丁一回了电邮。

　　回了丁一的邮件，刘一鹤自然想到了毛娣，于是他又给毛娣发了一封电邮，告知自己近期要回中国讲学，希望两人见见面。自从父母亲前些年去世回中国办理了丧事后，刘一鹤再也没有回去过。即使那次回去，由于时间匆忙，毛娣又在外地做生意，两人也没有见面。算了算，他们已经有十来年没有相见了，两人倒是时常用电邮保持联系，谈谈杜鹃，谈谈各自的工作和生活，两人之间的关系平淡如水。毛娣已经不像年轻时那样向他表露心迹，绝不谈感情上的事情。随着年龄的增长，每每一个人独处的时候，刘一鹤常常想到毛娣，在他内心深处，他觉得自己应该给毛娣一个交代。她为自己做过的一切和牺牲，让他惭愧，毛娣一直未婚，乃己之过。刘一鹤尽管在学术上成就很高，但他觉得自己在感情生活上是一个失败者，放不下包袱，有负于人。

　　下午刘一鹤一家人来到会议中心，偌大一个会场空空如也，人还不太多，星星点点散坐在那里。杜鹃和 Azalea 坐在最后面一排，和大会主席台遥遥相望，她们执意要来会场，为的是一睹刘一鹤的学术风采，刘一鹤拗不过她们，只好由她们去。刘一鹤一个人提着小提琴走到前面去，他和会议的组织者同行们一一握手，有认识的，也有不认识的。当听到他自我介绍是刘一鹤时，不认识的人都充满了崇敬，在这个领域，很少有不知道他的。他的刘氏理论，代表了学科发展的前沿方向，为此他被评为了美国科学院院士。大家互相介绍完毕，刘一鹤在前排的一张凳子上坐下休息，将小提琴放在一边，闭目将要讲的东西在脑子里过一遍。

　　人们陆陆续续地进场，会场后面突然一阵喧嚣，一个大腹便便的中国秃头男人被一群男男女女年青人围着，前呼后拥地进了会场。大家满嘴喊着校长，恭维有加。秃头男人头颅朝上，鼻孔对人，两手背在后面颐指气使，看也不看身边的年青人，享受着被恭维被包围的待遇。那人一直走到前面，当仁不让地正准备在刘一鹤身边的位置上坐下，突然发现刘一鹤坐在那里闭目养神，马上停下毕恭毕敬夸张地喊了一声刘老师。刘一鹤睁开眼睛，原来是以前自己的一个学生。刘一鹤曾听人说过这个学生回到中国后的劣行，他到处说自己出身名门，打着刘一鹤的旗号招摇撞骗，骗取名誉，平步青云，当了某大学校长，为霸一方。刘一鹤培养了许多学生，他们学问扎实，诚实做人，在科研领域里是领头人物，有的当了系主任，有的当了公司的主管。唯独这个学生以前的表现一般，喜欢投机取巧，善于钻营，看看自己混不过别人，才有了毕业后回中国的打算。不成想歪打正着，他赶上了中国一哄而上的大局面，良莠俱进，竟然如鱼得水，成了大气候。听了他的故事后刘一鹤内心里非常悲哀，中国的学术界如果都是这种人当道，那就完了。这也是为什么他极力鼓励优秀人才丁一回到中国当院长的原因之一。

　　那人这时换了一副中规中矩的德行，装腔作势地对旁边的年青人说："这就是我常常对你们说的我的恩师刘一鹤院士。如果说我是你们学术上的父辈，刘院士就是你们学术上的祖辈。快向他老人家问好。"这话不知是恭维，还是炫耀，听得刘一鹤满身起鸡皮疙瘩，眉头微皱。在一片围拢过来的"刘院士好"，"有幸认识您"的包围声中，那人洋洋自得地对刘一鹤说："这些都是我散在海外的以前学生，现在都在做博后。听说我来了，都来看我，我特意带他们听您的报告来的。"

这具有中国特色的场景弄得刘一鹤不知如何是好，正不知所措，却见会议组织者来了，他对刘一鹤说："请您到后台去试音，他们正等着。"刘一鹤如释重负，忙向众人告辞，跟着组织者去了后台。欧洲人浪漫情怀，开科学学术会议却请了一些著名的音乐家来捧场，在开幕式上表演。在他们眼里，科学家和艺术家是同等高尚的，相通的，他们应该在一起同台奉献，乃人类最高级的享受。听了他们的这个安排，刘一鹤的手痒痒了，毛遂自荐地问自己可不可以在自己学术演讲前安排拉一段小提琴曲。他向会议组织者提交了自己拉的一段曲子，好让他们心里有底。听了他的录音，会议组织者大出所望，欣然同意了刘一鹤的请求。刘一鹤来到后台，看见身着燕尾服和开胸礼服的表演家们个个气质高雅，风度翩翩。他做梦也没有想到自己居然可以和专业演员们一起同台演出，在他少年时，曾经幻想过做一名小提琴手。见他进来，音乐家们一起鼓起掌来。一位漂亮的女钢琴伴奏家告诉刘一鹤，待会在台上，她给刘一鹤伴奏。刘一鹤犹豫了一下，试着问他可不可以请自己的女儿来为自己伴奏，她就坐在外面会议大厅的后排，是一位医生。他的要求得到了应允，杜鹃被请了进来，他们一起试了一下音。因为在家里常常一起弹奏，两人配合非常默契，心有灵犀，因此只演练了一遍。那些音乐家们非常惊讶地夸道，想不到刘教授不但学问好，琴技也高超，实为罕见。在会议组织者的建议下，杜鹃换了装，一套黑色低胸礼服让她美艳超群，绰约婉然。

刘一鹤听到前台的麦克风响了，一位领域里德高望重的前辈在介绍自己所取得的成就。末了，这位前辈说刘一鹤教授除了是一位杰出的科学家外，还是一位小提琴手，现在请刘教授登台演奏和演讲，然后是热烈的掌声。刘一鹤携着杜鹃的手双双从幕后上了讲台，灯光聚集在头顶，台下已经黑压压一片，人满为患。杜鹃坐到钢琴旁，和刘一鹤交换了一下眼神，刘一鹤开弓拉响了琴弦。他拉的是《Alone Wolf》，在空旷的演讲大厅里，琴声骤然响起，如同一缕月光划过空谷，将黑暗点燃。优美的琴声立刻攫住了在场的科学家们。科研是枯燥的，每个科学家都像一头孤独的狼，要忍受无穷无尽的寂寞和失败的折磨，否则很难想像一个人可以在科研上取得成功。刘一鹤的演奏引起了大家的共鸣，大家随着他的琴声一起用心灵跋涉，想象着克服艰难，跋山涉水。特别是现在科研经费紧张，大家只有像狼一样勇往直前，去拼搏，去争取。刘一鹤第一次在大庭广众之下演奏，一点也不怯场。在他的科研生涯里，琴声陪伴他度过了无数的困难，不管是成功还是失败，他都用琴声来发泄，安抚灵魂，激励自己。

刘一鹤身后的小杜鹃在伴奏，光洁的双臂像海鸥的两只翅膀在琴键上飞舞起伏，灵巧轻盈。她比别人更了解自己的父亲，他忍受着常人难以想象的精神痛苦，在科学事业上，在人生道路上，在感情世界里像独狼一样突奔，永不言弃，登高孤望。他之所以有今天的成功，就是在内心里有狼一样的韧劲。杜鹃的钢琴声为刘一鹤的小提琴声作了最好的注脚和诠译。

刘一鹤拉完了，观众里有人已经感动得泪流满面，满厅报以如潮掌声。接着，刘一鹤又用严密的思维和逻辑开始做学术报告，讲述自己实验室里的最新科研成果，同样让人赏心悦目，居高临下，一显大师风范。

会议散场后，有免费晚餐供应。人们纷纷来到外面的露天阳台上，这里摆满了丰盛的食物招待与会者。发放食物和饮料的台柜前挤满了人，高声喧哗不断。天暗淡了下来，夜色将会议中心包围着，灯光将中心里里外外照得雪亮。刘一鹤做完报告又和许多人交谈了许久，然后才和杜鹃、Azalea 出来。他们刚刚在半人高的水泥墙旁立定，正聊着天，杜鹃就看见一个人从人堆里向这边走过来，两眼放亮地盯着刘一鹤。尽管她已经被岁月洗刷得容颜有些衰老，杜鹃还是一眼就认出了她，不免轻轻发出一声尖叫。她是 Linda，就是小时候拼命追过父亲的那位漂亮白人女研究生，她唇膏墨眼，满身的香水味四溢。刘一鹤闻声也转过头来，看见了迎面而来的高个女人，和杜鹃一样立马认出了对方。

Linda 来到他们跟前停住，一身职业装。她大方地向刘一鹤伸出手，眼神蓝幽幽的，说："你好，刘教授。你的小提琴和学术报告很精彩，祝贺你这些年来取得的成就。你没有变，还是那么富有活力。"尽管她的声音略嫌沙哑，难掩岁月，杜鹃却是再熟悉不过了，这声音曾经充斥在她和父亲之间，曾经那么年轻愉快过。

刘一鹤惊讶之余，马上热情地回答："Linda，很高兴在这里见到你。你也一样，看上去还是这么漂亮。"一阵轻微的晚风拂过，将 Linda 一头金黄的头发掠起，露出了里面灰白的发根。

Linda 犹豫地打量着杜鹃，没有把握眼前这个三十多岁风韵成熟的美貌女人是谁，只有眉眼之间有那么一点相识的感觉。不过当她将眼神移向 Azalea 时，一切都明白了。"你一定就是那个搅了我们好事的杜鹃。"她戏谑地笑着对杜鹃说，她还记得当年刘一鹤就是为了杜鹃而放弃了和她之间的来往，看来还耿耿于怀呢。她上前去和杜鹃拥抱，两人的体温融在了一起，勾引得杜鹃记起以前曾经在她怀里做功课的往事。

"这一定是你女儿了？"Linda 看着 Azalea 说，眼睛里不免漂浮起一片往昔的云彩。

"您好，很高兴见到您。"不等大人吩咐，Azalea 灵巧地向 Linda 彬彬有礼地问候，很懂事的样子。

"你好你好，和你妈妈小时候一个样。我没有认出你妈妈，可是认出了你。你可帮了我一个大忙。"说得大家都哈哈大笑了起来。回忆是美好的，尽管有时会有那么一丝苦涩。

杜鹃识趣，牵着 Azalea 的手说："走，我们去取食物。"然后对 Linda 礼貌地说："对不起，离开一会。"说完她向 Linda 眨了一下眼，转身走了。Linda 报以感激的一笑。

就剩下刘一鹤和 Linda 两人相对，Linda 温情犹存，单刀直入地问刘一鹤："结婚了吗？"

刘一鹤摇摇头。

"天哪！你真的兑现了你当初的诺言。"Linda 不相信自己的耳朵，掩藏不住内心的喜悦。

"你呢？一向还好？"刘一鹤关心地问道。

"我结过婚，离了两次，对其他男人一直找不到当初对你的那份感觉，如同梦游一样。"Linda 将头扭向一边，用手抹去泪花。两人前靠水泥墙面朝着城市的夜景，星星和灯光交相辉映，一弯皎月悬挂，勾引起许多往昔回忆。

"知道吗？我心里一直爱着你。其实这些年来我一直关注着你，看见你在学术上越走越高，为你高兴。大概十多年以前，我有机会参加一个 NIH 的 Study Section。可是当我拿到花名册看见了你的名字时就推掉了。我怕自己控制不住自己，那

165

时我的孩子还小，有家庭。"Linda 有些伤感地谈起一些往事，余味缭绕。刘一鹤记得有这么回事，他当时确实看见了 Linda 的名字在花名册上，可是开会时，主持人说 Linda 因为未知的原因不能来。

"我也经常看见你发的高质量论文，听说你现在还是系主任。真棒，祝贺你。"刘一鹤何尝不关心 Linda 呢。人非草木，岂能无情。

"真的？你真的注意我？这太意外了！当初分手时我情绪激动，说了许多不该说的话，伤到你了，以为你再也不会理我了。"Linda 还是那么热情奔放，感情外露，往昔的炙热眼光重新在她眼里燃烧起来。"你还坚守你那不结婚的诺言吗？"她小心翼翼地重新触摸这个话题，看有没有可能。

刘一鹤点点头。Linda 眼中的烈焰又暗淡下去了，回归一片幽蓝。他们谈了许久，小船在心灵的港湾里邂逅碰到了一起，又到分手的时候了。刘一鹤大度地说："我们继续保持联系吧，作为一个朋友。过段时间我请你，到我们学校给一个学术讲座，如何？"

"好哇。"Linda 爽快地答应了，刘一鹤又看见了往昔那张明媚的笑脸。

第十七章

　　第二天刘一鹤继续参加会议，杜鹃则带着女儿 Azalea 坐着地铁去了老城区拜谒 Duomo。她们坐在地铁车厢里，有位老年妇女在乞讨，其他人似乎都无动于衷，杜鹃从钱包里取出了欧元放到 Azalea 的手中，"去，给那位老奶奶。" Azalea 愉快地按妈妈的要求做了，跑过去将钱币投进了钱盒里。不管在哪里，只要是遇上穷人，杜鹃都会这么做。那位意大利老妇人颤巍巍地走到她们面前，目光浑浊，口齿含混地说了一大堆意大利语，她们只听懂了一句"Grazie（谢谢）"妇人在胸前画了一个十字，杜鹃也画了一个十字。杜鹃知道自己的生命是上帝施舍的，自己是带罪之身，她要将自己得到的一切按照上帝的旨意奉还给其他人。工作之余，她非常热心地参加许多慈善活动，几近狂热的地步。她还到 Free Clinical 诊所免费给穷人看病，甚至自掏腰包为他们买药。杜鹃干着这些事情，心里想着自己曾经无依无靠贫穷如洗的母亲。老妇人站在她面前不肯走，杜鹃又从口袋里掏出了一些钱给了老妇人。邻座的人见状，纷纷效尤地掏钱给予这位老妇人，场面一派温馨。老妇人显然从来都没有遇到过这种场面，面对一双双援助之手，一滴浑浊的眼泪淌流下来，知道今天遇上了一位贵人。

　　到了 Duomo 站，杜鹃她们下车出了地铁站。外面阳光明媚，蓝天白云下恢弘的大教堂立刻映入眼帘，令人眩目震撼。

大教堂静静地立在那里，像一位谦恭的贵族长老顶礼华冠接受着四周古老建筑的拥戴。大教堂像一位时光老人，慈祥地俯视着脚下的游客们，广施恩泽，普度众生。这座修建了几百年的巴洛克建筑，从上到下饰满了栩栩如生的人物雕塑，极尽繁复精美，向朝拜者们传播着宗教宗义，述说做人的道理。大门的正上方雕刻着 "Mariae Nascenti"（The Infant Mary），纪念圣母的诞生。群鸽在大教堂前面的广场上空自由飞翔，平添了一份平和安详的气氛。杜鹃抬头望去，教堂的上半部分布满了哥特式的尖塔，上面站立着许多衣冠楚楚人物，肃穆地环伺着镀着金色的圣母玛利亚。杜鹃在网上查过，圣母有 4.2 米的高度，她站着的尖塔离地面高达 108.5 米。杜鹃仰望着，双手在胸前合成十字，虔诚地接受圣母的注目礼。妈妈，我来了，她在心里呼唤着。

　　Azalea 也学着母亲将双手合在胸前，好奇地望着妈妈和圣母。她问："妈妈，她是谁？"

　　杜鹃喃喃地说："她是你的祖母。"

　　"您见过真的祖母吗？"

　　"没有。"Azalea 的问话像闪电一样深深触动了杜鹃，瞬间在心里掀起了一股波澜。不知怎的，站在这座为纪念圣母出生的大教堂前，她突然有一股强烈的冲动想去拜访母亲和自己的出身地。她想知道自己生命的源头是个什么样子。

　　她们在教堂大门口排着队，和许多游客一起进到了教堂里面。杜鹃用手蘸了圣水在胸前画了十字，Azalea 也照做不误。和许多教堂不一样，这里的耶稣被高高钉在了教堂正前方屋顶端。望着背负十字架的耶稣，杜鹃想到了自己的苦难身世，内心里充满了负罪感，这种负罪感已经沉重地压迫了她十多年，让她喘不过气来。主啊，请拯救我的灵魂，给我指明方向吧。她们来到教堂前方，面对神坛双双跪在了座椅前的跪案上开始默默祈祷，祈求主的宽恕。约有半个时辰，她们起身环绕着教堂在许多牌位前烧蜡烛，将蜡烛一一点燃，许上心愿。在莹然如豆的蜡烛光芒中，杜鹃为母亲祈祷。她们在一尊圣母像前逗留了许久许久。。。。。。

　　这座教堂是可以上到屋顶去的，杜鹃她们来到教堂后面买了上去的门票。来到电梯口，这里有两个身穿迷彩服的士兵把守，检查了她们的票后放行。电梯很狭小，只能容纳几个人，开电梯的老头倏忽之间就把她们送到了顶端。出了电梯，她们沿着窄窄的通道来到屋顶，在弯弯曲曲的屋顶回廊里穿行，如同置身于逝去的时光里。她们慢慢走着，敛声屏气地观看中世纪留下来的精美艺术雕塑和建筑风格。太阳光在雕栏中穿行渗透，打出明暗图案，映出奇妙变幻，借喻人生，点化顽灵。到处是峰回路转，到处是惊奇，到处是感悟。一个回眸，一个深探，如同置身在一座变化无穷的艺术宫殿里。每一件精品似乎都有许多往事告诉大家，让人驻足不肯离去，冥冥之中将人生的真谛悟透。穿行其中，杜鹃恍惚之中有一种回到了家一样的感受，自己苦苦思索的许多问题在这里豁然开朗，冥顽被点化。她想，生活本来就如同这里的建筑一样非常复杂，有无解，都在一念之间，看你如何看待。就像这些宗教艺术品，从不同的角度去看，会有不同的感知、感觉和感想，得出不同的结论。既然错误已经在自己出生时铸成，那一定是主的安排，自己为什么非要死死为此自责呢？自己完全可以从不同的角度去看待发生在自己身上的不幸，听从主的安排。想通了这个，杜鹃的心情豁然开朗，她向远处眺望，整个城市尽收眼底，生机勃勃，在下面看不明白的地方，站在这个高度便一目了然。

　　她们来到了正顶，是一块不大的对斜花岗岩层面，上面坐满了游客，口音八方。在这里，杜鹃得以近距离地观看圣母金像，她被艳阳照射得光芒万丈，放开双手面向蓝天。Azalea刚才在下面的问话这时又一次在杜鹃耳边回响了起来，回出生地去看看的想法愈加强烈。教堂顶上的风很大，视野很开阔。碧蓝的天空下金灿灿的圣母慢慢演幻成了照片上的母亲形象，她想像着那个风雪之夜母亲生下自己的悲惨场景，不自觉地两行热泪沿着面颊流了下来。

　　"妈妈，您哭了？"Azalea在一旁问。

　　杜鹃赶快擦干泪水，不好意思地对Azalea说："妈妈想外婆了。"

晚上回到了旅馆，刘一鹤看见杜鹃一扫往日的积忧面容，透出解脱，神采焕然，试探地问道："教堂怎么样？美丽吗？"

杜鹃说："非常壮美。我在这里找到了心灵的归属。"言语中露出几分轻松。

这样说刘一鹤很高兴，自从知道了自己的身世以来，杜鹃这十多年来心里一直有一块阴云不散，闷闷不乐，刘一鹤试了许多方法都不能化解。这次杜鹃提出要和自己一起来米兰参拜玛丽亚大教堂，刘一鹤同意了，本不做它想，可是从她今天回来的眼神里，刘一鹤看到了杜鹃那久违了的愉快表情。尽管他不知道发生了什么事，但他明白无误地感觉到了杜鹃内心深处的蜕变。杜鹃的表情并没有太大的变化，但她的眼神却揭露出了她心底的解脱，那块阴云不见了，清澈的眸子又回到了从前，多了一层虔诚。

刘一鹤想让杜鹃的心情彻底好起来，遂对她说："明天我们去游 Lake of Como 吧？"

"您不去开会了？"

"一家人好不容易出来，大家一起高兴高兴，听说那里非常漂亮，是世界上最富有的地方之一。"

"我要去。"Azalea 说。

　　第二天一大早，他们来到了城中的一家旅行社买了去Como 的票，上了空调旅游大巴。车向北边开时，远处的阿尔卑斯山脉高耸入云，山顶的积雪连绵不断，雄伟壮观。车向大山深处开去，一路新绿婆娑。一个多小时车就到了湖边。盘山而下时，大山丛中一大片湛蓝的湖水隐隐约约显露了出来。车在Como 小镇上停下来，大家下了车，顿觉湖风习习扑面而来，沁人肺腑，辽阔的湖面一望无际，百鸟飞翔。导游让大家自由活动一个小时，他去联系下一班游船。刘一鹤一家人和其他游客一起向洒满金色阳光的小镇踱去，石砖铺设的小街洋溢着一股中世纪的气氛，恬静安逸，街花艳美，店铺玲琅。走到镇中街心，却见有一个小一点规模的 Domuo，里面一样金碧辉煌，肃穆仪重。

　　"昨天回来后，你的精神一直不错，能告诉我为什么吗？"眼前的教堂让刘一鹤想起了杜鹃的变化，忍不住好奇地问道。

　　"我想通了一些问题，心中的疙瘩解开了。"杜鹃坦然，佩服父亲的好眼力，她很高兴父亲对自己的了解和关爱。虽然自己身世不幸，却遇上了刘一鹤，谁说自己这一辈子不幸呢。就像在米兰 Domuo 屋顶上禅悟的那样，换一个角度来看问题，身边其实充满了美好和关爱，除了刘一鹤毛阿姨，还有Scott 和 Azalea，以及许许多多关怀自己的人们，为什么自己以前就没有看到想到这一层，被不幸一叶障目。

"看来这次的收获很大嘛，我又把我的女儿找回来了。"刘一鹤证实了自己的想法情不自禁地大声说。

"爸爸，您什么时候丢失过我？我不一直在您身边吗？"杜鹃露出了少女般的撒娇。

"可是这些年来你一直落落寡欢，让我焦心。我真的很后悔将一切告诉了你。"

"您当时要是不说清楚，我就会对您产生许多的误解呀。那多不好。"

"要是那样就好了，我想看到你快乐。你这些年来不快乐，我能快乐吗？看看，我的头发都为你愁白了不少。"刘一鹤满脸的遗憾，"所以说我做了错事。"

"爸爸，您真好。"杜鹃感动得要哭了，父亲大爱无疆，永远都在为自己着想，自己亏欠刘一鹤太多太多。

一个小时后他们上了游船。船顶人多，风很大，且太阳晒得厉害，他们在船的底层找了一个位置坐下，杜鹃给刘一鹤买来了一瓶水。船平稳地向大湖的深处驶去，像在一块巨幅的蓝色绸缎上滑行，船尾拖着两条白练。沿岸群山环抱，坚石嶙峋。掩隐在绿树丛中的一幢幢精美别墅风姿各异地依山面湖而立。导游说这里的别墅几百万欧元算便宜的，贵的上亿。沿岸的沙滩很窄，湖上波光潜影，游艇飞快地飚着，划出一道道白线。

173

　　望着眼前的富足景象，杜鹃对刘一鹤说："爸爸，我有一个请求。"

　　刘一鹤收回目光，询问地看着杜鹃，"讲吧。"

　　"我想去看我出生的地方。听您以前说那里像这里一样都是大山。"

　　刘一鹤感到了惊讶，杜鹃以前从来没有向自己提过这个要求，因为那里是她心中的耻辱，两人有意避而不谈。刘一鹤难掩内心的欣喜，因为这说明她确实想通了一些事理，决定直面自己的过去。一个人只有走出了内心的阴影，才能有真正的解脱。他想让杜鹃快乐，像小时候一样活泼。其实他和毛娣曾经讨论过这事，毛娣坚信，总有一天杜鹃会向他们提出这件事的。而且毛娣说，当杜鹃提出这个要求时，就说明她彻底抛弃了包袱，开始了自己的真正人生。刘一鹤越来越觉得毛娣是一个了不起的女子，眼光独到，自己在许多地方都不如她。他不由得想，自己为什么不能像杜鹃一样彻底抛弃包袱，直面毛娣的情感呢？毛娣豁达，诚恳，助人为乐，自己却狭隘地守着自己的所谓恩仇底线，愧对毛娣一生执着的感情，自己应该是主动的时候了。

　　杜鹃的要求，让刘一鹤也解开了心中的结，他愉快地答应："好哇，我马上要到中国去讲学，要不你同行，我陪你去看你的家乡？"

"真的？！您不是一向都不到中国去讲学的吗？"杜鹃难掩兴奋。

"那都是我的错，我也有自己解不开的心结。你能解开，我也应该解开。这次是你丁叔叔邀请的。"

"我也要去。"Azalea 说。

"你要上学，妈妈这次先去，以后再带你去，好吗？"杜鹃耐心地对 Azalea 说，Azalea 懂事地点点头。

这时游船经过一处别墅，导游让大家向左看，介绍说这是好莱坞名演员 George Clooney 的别墅。刘一鹤不免想到他主演的 Ocean's Eleven 系列。船继续前行停靠在了一个叫"Bellagio"的小镇。他们下了船，有四个小时的时间呆在小镇上。这个背靠山坡的旅游小镇临山而建，街道和店铺都在山坡上，像重庆一样，逛街得爬山。祖辈三人一起爬，没多久刘一鹤就远远超前，将杜鹃她们抛在了后面，刘一鹤只好停下来等她们。Azalea 终于赶上了刘一鹤，问："外公，你为什么这么快？"

刘一鹤笑了，当知青那会出门就是山，到哪里去都得爬山，现在爬这小山坡，一点小意思。他对 Azalea 说："我年轻时天天爬山，所以比你们走得快。爬山是一种锻炼，也要技巧，以后你可要锻炼唷。"

"好的，我向外公学习。"Azalea 那双漂亮大眼睛嫣然地笑着，她拉着刘一鹤的手一起向上登走。

　　他们上上下下徜徉了许久，买了一些纪念品，然后沿着春花烂漫的湖边来到一处大花园门口，买门票进到里面。一排开满红白绣球花的绿树在岸边艳丽地开着，风中像绰约的美女翩翩起舞，列队欢迎。杜鹃在一边挽着刘一鹤的一只臂膀，Azalea 在另一边牵着刘一鹤的另一只手，祖孙三代在和煦明亮的阳光下脚踏碎石子路漫步，享受着亲情和湖光山色。因为杜鹃提到想去看看刘一鹤下乡的地方，刘一鹤心里难抑波澜，他想到了那遥远的过去，想到了那一幕幕让人难以忘怀的往事。他在心里对亡故的杜鹃说，你可以放心了，你的女儿长成了人，你的孙女也在茁壮成长，我要带她们来看望你，让你为她们骄傲。

　　湖边的一处小亭子里面坐着一对中年夫妇，他们亲热地紧靠着一起观望着辽阔的水面和雄伟的阿尔卑斯山脉，山坡上星罗棋布着明亮别墅群。他俩指指点点，欢声笑语，浪漫情怀。他们的近旁有两颗巨大的苍松古木，就像当年刘一鹤在大山里常常见到的那种。松树在修剪平整的草地上留下了一块巨大的阴影，将亭子笼罩着。记得当年刘一鹤劳动累了，也是在树荫下和杜鹃说笑。刘一鹤妒忌地看着那对夫妇，要是杜鹃还活着，要是她能够现在和我们大家在一起漫步享受天伦之乐，那该有多好。

　　刘一鹤的沉默和紧盯着的目光让一旁的女儿杜鹃若有所悟，她知道父亲一定又沉浸在对往昔的时光里。她也在想，如果那对夫妇是刘一鹤和自己的母亲，那该是多么完美的一对。她不由得想起了毛妈妈，于是问："爸爸，我们这次去能见着毛妈妈吗？"

"能，我已经和她约好见面了，很久没有见到她了。"刘一鹤肯定地回答说。

杜鹃犹豫着，可还是说出了口："我觉得您们两个应该结婚了，要不对我不公平。"

"为什么？"刘一鹤大感意外，不解地问。

"因为您们两个一个是我的父亲，一个是我的母亲。您们要是真的为我好，就应该考虑我的感受住在一起，让我有机会共同伺候您们。"

"我没有问题，不知你毛妈妈如何？"其实刘一鹤心里没有底，许多年过去了，他不知道毛娣现在是个什么态度。

刘一鹤松了口，给杜鹃带来了惊喜。"您们的问题其实就是您的问题，毛妈妈等了您这么久，以为我不知道。我去和毛妈妈说，说您同意结婚了。"杜鹃的这句话，说得刘一鹤满脸通红，但他没有反驳，默认了下来。

他们来到一处日本庭院，幽静的小池塘里面有锦鲤在悠闲地漫游，这又勾起了刘一鹤的回忆，他向杜鹃描述了当年她母亲用荷茎练字的往事。于是他们祖孙三人一人折了一枝塘边的叶茎，在路边的石板上写起字来。刘一鹤向 Azalea 讲解中国毛笔字的基本笔法，横平竖直，点勾撇捺。塘边有一丛翠竹，随风发出簌簌的响声，刘一鹤告诉女儿杜鹃她母亲居住的屋后也栽有一丛凤尾竹。杜鹃专心地听着，要去母亲的故乡了，她开始在心里面编织起母亲的生活环境。好奇心一旦起来，就再也难以压制下去，她渴望知道母亲的一切，向刘一鹤问了许多关于母亲和她家族的问题。

第十八章

刘一鹤结束了米兰的国际学术会议回到了学校，在校园里他见到了赵旒华。他们是大学的老同学了，大学毕业后先后到了美国留学然后参加工作。赵旒华和刘一鹤在同一所学校工作，尽管成就斐然，像许多中国来的教授一样，加上又是女性，赵旒华被以前的系主任玩弄手段打压得很厉害，一直得不到晋升，当了十年的副教授。刘一鹤应聘到新学校就任主管科研的副院长后，将赵旒华招聘为正教授，做一个中心实验室的主任。自从赵旒华和刘一鹤在大学里一起当学生会的干部，关系一直很好，保留至今，两人见面无话不谈。看见她不快乐的样子，刘一鹤有些奇怪，关心地问她哪里不舒服。赵旒华苦笑了一下，说刚刚办完了离婚手续，而且坦率地相告丈夫在外面有了外遇。赵旒华来到新学校后，先生没有跟过来，后来去了中国做生意。赵旒华说丈夫去了中国后不久就有了别的女人。时光倒流，刘一鹤不免想起刚上大学报到的那一天，在学校医务室里看见她低头看信的甜蜜表情。好在她的小孩大了，大学毕业刚工作，赵旒华也没有太多为难的事情。

赵旒华叹了一声气，带点激愤地说："现在的中国真是一个没有伦理道德的国家，男女关系混乱，二奶夺夫，小三上位，不以为耻，反以为荣。想当年我们年轻的时候男女之间多保守，连拉个手都脸红，谈恋爱躲到没人看见的地方。那时他当兵下来，一副腼腆，忠诚尽心，美丈夫一个。到了美国后也一直不错。这才去了中国不到一年就变了。也是我糊涂，真不该让他去中国，在那里没有一个男的经受得住诱惑和考验。"大概觉得自己的话不妥，又说："不过你除外，还是当初清纯样，也不知你这个男人是什么材料做的。都说古时候女的可以为亡夫守一辈子的贞节，你爱人都去世这许多年了，你还没有另外再娶一个。不过说好了啊，你如果真有再婚的念头，看在老同学的份上，第一个要考虑我。"说完了忍不住噗嗤一笑，打趣刘一鹤。赵旒华一直不知道刘一鹤其实从来就没有结过婚的事，除了丁一，同事朋友中间没有一个人知道。

刘一鹤倒也不计较，说："你不能原谅你先生一回？"

"那个女的都要生产了，他老来得子，我怎么原谅？我也想通了，向你学习，过单身贵族生活潇洒一回。"赵旒华苦笑着调侃道。她转了一个话题问刘一鹤："最近都在忙什么？"刘一鹤告诉她自己要到中国去讲学的事情，是刚去中国当院长的丁一邀请的。

"也不知月琴是怎么想的，放得下心让丁教授走，可别像我家那位出轨了。"赵旎华不无担忧地说。

"他也是熟人所托，推辞不掉，说好只干三年就回来。其实这事也看个人，苍蝇不叮没缝的蛋，丁教授为人正派，不是那种人。"刘一鹤解释道。两人又交谈了一会分了手，各忙各的事去了。看着老同学离去的背影，刘一鹤心里不免感慨，好好的夫妻，怎么说散就散了呢。赵旎华的先生吹得一口好口琴，以前经常和刘一鹤合奏曲子，在华人社区的节目上表演，两人配合默契。

临去中国前刘一鹤和杜鹃约好，刘一鹤先去中国讲学，杜鹃随后就到，然后一起去杜鹃的家乡，刘一鹤当年下乡的地方看看。

刘一鹤准备了一下，登机回到了阔别多年的中国，丁一亲自到机场迎接。老友相见，互拍肩膀，两人异常高兴。刘一鹤坐在丁一开的一辆崭新奥迪车里向市区开去，望着外面满天的灰暗雾霾，几百米外就看不见东西了，心情不爽，和美国的晴朗天空形成鲜明反差。他在网上看见中国的环境污染越来越严重，以前只听北京上海有报道，现在其它城市也跟进，眼前的景象比自己想象中的要严重许多。

刘一鹤指着街上许多带着口罩的行人，他问丁一："一年有多少天是这种天气。"

丁一回答："今天天气预报是重度污染，p2.5值达到了315。自从我到中国来工作这几个月，每天都有不同程度的污染，没有办法。中国用三十来年的时间在赶超西方其它工业国家几百年建立起来的经济规模，经济建设搞上去了，污染也跟着上去了。现在中国小孩的哮喘病和成年人的肺癌急剧上升，长此以往怎么得了。空气污染已经成了国难了，挥之不去。"

刘一鹤说："其实其它国家在工业化的进程中也走过许多弯路，包括环境污染，它们为此付出了惨重代价。后来经过多年的努力才改善了过来，建立了一套行之有效的方法降低环境污染。中国起步晚，有西方国家现成的榜样，为何不借鉴西方国家的经验和教训，即搞发展，又防止环境污染呢？"

"是啊，我起先也这么想，回来后才搞清楚，在中国当领导讲政绩，GDP多少对每一位官员来说很重要，为下一步升官作为铺垫，哪里管那么多。中国的许多工程都没有经过严格的论证，凭领导一时头脑发热，靠行政命令上马，更不用说还可以从中牟利了，搞到钱后，就将老婆孩子送到国外去呼吸新鲜空气。"

车子沿着车流向前开着，刘一鹤问丁一怎么样，适应了中国的环境没有。丁一苦笑说："不知你指的哪一方面。我现在要做的是如何不去适应这里的环境，否则就完了。这里除了钱，什么都不信了。就学术而言，中国现在的主要问题是学术风气不正，水平低下，弄虚作假，哗众取宠，要改变这里的现状很难。特别是现在的各级领导贪污腐化严重，心里并不是想将工作搞好，而是如何中饱私囊。有一个段子对中国的学术界领导有生动的描述，叫做：工资不多存款不少，牌技不高赢钱不少；讲话不精掌声不少；文章不写发表不少；外语不懂出国不少；水平不高职称不少；老婆不用房事不少；吃的不多脂肪不少。"

　　刘一鹤被这个顺口溜逗乐了，问："我们在外面的人真的搞不懂，中国一方面贪污腐化横行，一方面经济建设突飞猛进。两者之间怎么可能并行呢？"

　　丁一似乎颇具心得，他超越了几辆车后说："我以前也不懂，回到中国一段时间后，慢慢悟出了一点名堂，其实这正是具有中国特色的社会主义的精髓所在，妙就妙在这里。不就是要让中国富强起来吗，条条大路通罗马。你想，一个人干事一定要有原动力，也就是我们在美国对学生博后们讲的motivation，要不然事情就干不好。许多年以前中国讲理想，讲抱负，讲献身，为了国家的前途，为了人民的利益牺牲一切，大公无私。尽管里面带有浓厚的盲从色彩，但这造就了那时的原动力。于是五六十年代中国的社会主义建设搞得轰轰烈烈，蒸蒸日上。可惜一场文化大革命将那一代许多人的理想彻底毁了，浩劫过后，发现自己的满腔热血到头来被人利用，成了廉价的政治斗争牺牲品，万念俱灰。改革开放后痛定思痛，大家开始从中吸取教训，还不如来点实惠的，黑猫白猫，人不为己天诛地灭，于是人人想发财。要想搞钱，国家的经济建设得搞上去才可以从中渔利，火中取栗，这个道理大家都懂。捞钱就成为许多人搞国家建设的原动力，特别是那些手握实权当官的，为了自己他们将中国的经济建设搞得风生水起，热火朝天。这拨人干劲十足，旁门左道，八仙过海，不顾老百姓的死活。房地产炒起来了，通讯电力搞上去了，公路高铁建设架起来了，国防工业强大了，经济总量一路上升到世界第二。在这个摧枯拉朽的过程中，尽管大家的生活水平都在上升，可是贫富急剧拉大，人比人，气死人，导致社会矛盾急剧增加。于是中国的领导人开始安抚民心，回过头来收网，将原动力十足干劲冲天的大小贪官们一个个双规，投进监狱。如果没有刘志军，哪有中国的高铁，功劳是你的，坐牢也是你的。仔细想想，尽管老百姓遭殃的不少，可是到头来还是得了或多或少的实惠，大家的生活得到了实质性的提高，和我们当初出国相比，简直天壤之别。我们学校门口的一个卖烧饼的小贩，一家人从河南农村出来，一年赚几十万一百万不成问题。和他聊天，说这七八年来生活水平明显提高，一天到晚乐呵呵的。连我们这些在国外生活的人都感觉到中国的人气和牛气，大小旅游团就不必说了，买房子的，送子女到外面上学的，比我们还神气。有时我在想，那些贪官们，特别是有才干的贪官们在狱中不知做何感想，到头来空忙一场，为他人做衣裳，中国的富裕之道真可谓另辟蹊径。"

　　刘一鹤听着老友侃侃而谈，觉得丁一说得不无道理，有些见解还挺精辟。他一直佩服丁一，看问题比其他人总是深一层次，非常具有哲理，这是他们两人谈得来相处得好的主要原因。丁一接着说："水涨船高，回来后发现中国现在对科研的投入很大，只要有门路，科研经费不成问题。这次回来，上面拨了一个亿让我用，还配了一套班子，送了一套房子，连我现在开的这辆奥迪车子都是学校配的。当然这样做也有许多负面效果。我们学校有几个"千人计划"回国的海鸥教授，和学校签了合同，每年利用假期回来工作几个月，工资年薪25万人民币。他们来去自由，和我一样老婆孩子也都留在国外不回来，也不带课，实验室由他人帮助打理，科研申请报告由手下的学生和年青教授们写。相反那些兢兢业业工作的本校教师，课带得辛苦，还要申请科研课题，评职称一项项都要考核，发文章的影响因子每年要求至少十分以上，可是只拿不到十万的年薪。国家这样做本来是好意，想用高薪招聘高水平的人才，为我所用。但是这样做反差太大，打击了积极性，适得其反，被人利用。你我都知道，大部分真正有水平的国外教授限于中国的科研环境和独特的人事关系都不愿到中国来兼职，怕影响在美国的工作和学术成果。回来的人良莠不齐，我们院聘请的几个"千人计划"海鸥教授水平有的就有问题，他们利用中国的资源两岸通吃，身在曹营心在汉，为自己在美国捞好处。其中有一个在美国申请不到科研经费，到了这里后带十几个博士研究生，不用他付工资，然后拿这里出的科研成果到美国去申请经费发表文章，科研成果反而倒流到外面去了。"

"那为什么还要聘请他们呢？"

"上面有指标呀，前院长胡来一气。不过据我所知，其它学校也大同小异，中国学术界风气使然，崇洋迷外。"丁一没好气地说。

刘一鹤不免想起新去的那个美方学校发生过一件事。以前有个助理教授评副教授有问题，不知通过什么关系，他在中国浙江的一个地方医学院搞了一个院长的职位，那时中国的条件低得可以，是个和尚就供一座庙。上任后他将美国的系主任请到那里做报告，让全院的人都去听，包括行政人员，黑压压一片。美滋滋的系主任被安排在高级宾馆里住总统套房，美女伺候到处旅游，还塞了不少红包。结果系主任低挡不住腐蚀，全面缴械投降，回来后就将他提成了副教授。然后这位副教授年年如此在中国招待系主任，又被提成了正教授。完了此人又利用美国的正教授身份做资本到中国捞，回过头来应聘"千人计划"和行政职务，转到中国前几名的一所大学成了生命科学院的院长，得意洋洋，下一步准备竞争院士。前一段时间听说他在学校飞扬跋扈，在外面吃喝嫖赌，结果被妒忌他的同事们揭发，院长给撸了。

"老兄，你也是既得利益者呀。"刘一鹤玩笑地对丁一说。

"我既然回到中国来了，吃人饭，办人事，还是想尽量给中国带来正能量，希望改变这里的学术风气，聚少成多。要是有可能，希望你这种真正有学问的人能多帮助我一些，做个不定期的海鸥。你现在在美国医学院当主管科研的院长了，我们两个学校搞一些校际合作，你看如何？"

刘一鹤默默地听着，没有立刻表示，他对中国的情形不熟，听到的负面东西太多。丁一向刘一鹤介绍着这个中心大城市和远景规划，又详细向刘一鹤讲了这次邀请他来参加这个会议的宗旨和目的。进了市区，来到丁一的学校，道路宽阔，环境干净清幽，透着浓浓的学府气息，漂亮的楼房式样各异，比美国校园新潮许多。他们在学校漂亮的学术交流中心停下车，已经有一位女性等在那里。下了车，丁一向刘一鹤介绍说这位是他们学校的科研处杨处长，非常有能力，她负责接待安排刘一鹤在这里的一切。杨处长一头短发，显得非常干练热情，得体大方。她握住刘一鹤的手说："刘院士，非常欢迎您到我们学校参加学术会议和指导工作，您的大名如雷贯耳，久仰久仰啊。"

在美国大家都叫刘一鹤刘教授，没人叫他刘院士，因此听起来别扭，这大概是中美两国的国情不同。刘一鹤姑且听之，知道杨处长是好意，说："过奖过奖，向中国同行学习，多多关照。"刘一鹤惊奇地发现自己刚入中国，居然平日里不讲的客套话顺口就出来了，没想到人改变起来挺容易的，他联想起了赵旒华和她的先生。

丁一对刘一鹤说："老刘，我还要去忙今晚会议开幕的事情，先走一步。今晚开幕你的演讲我来主持，接下来还有节目表演和聚餐。会议完了我请你到我家坐坐，想和你好好聊聊。"

"老丁，你去忙吧。"刘一鹤表示谅解。两个老友分了手，刘一鹤随着杨处长步进了学术中心，学校已经为他在这里安排好了一个豪华标准套间。刘一鹤将行李箱放进里间睡房，客厅里杨处长已经为他切好茶，两人对坐在皮沙发上聊了起来。他们聊丁一。

一提丁一，杨处长赞不绝口，"这个丁院长和以往的院长们都不一样，一身正气，为人处事，学术水平都没得说，让人心服口服。他以前一直是我们的客座教授，前面一任院长贪污腐化被抓了起来，丁院长被我们的曲直副校长动员回来接管工作，已经成功启动了一个973计划。他将学校的科研团队进行了重组，按能力进行学术评定，本校的海外的一视同仁，大胆提拔年青人，一下子将学校的学术气氛搞活跃起来。他改变了学校许多不合理的奖励制度，比如以前科研论文按一个影响因子奖励一万元发，结果弄得大家为了赚钱而弄虚作假。另外还有科研经费提成的问题，前院长巧立名目，将申请到的科研

187

经费的 30％统入私人腰包，名曰提高大家申请科研经费的积极性，这个丁院长也取消了，现在钱都用在科研上面。为了提高大家的积极性，他将相当一部分的临床收入调配到科研上来，尽量让搞基础的科研人员和临床医生个人收入靠近。我们这里有个海归遗传学教授生活糜烂，玩弄手下的女研究生，被其中一个女研究生告了，院里以前想不了了之，丁院长到后，坚决处理了这个害群之马，将其劝退。当然他这样做得罪了不少人，有许多人背地里到处告他的状，拖他的后腿。才来不久，上面调查组就来了一次。没想到丁院长没事，反而查出了其他几个人的科研经费贪污案。"杨处长侃侃而谈，刘一鹤专心致志地听着，他为自己的老友能在中国实现自己的理想抱负而欣慰，当然也为他的路途坎坷担忧。在来中国赴任前，丁一和刘一鹤谈过许多，有些事他们当时就预计到了，有些思想准备。

　　杨处长继续往下讲："丁院长学术眼光高，功底深厚，已经开始从根本上对学院的机制进行改革。他大量招聘国外有实力的年青人充实学院的科研，从基层做起，配备必要条件，让海鸥教授和国内的教授们同工同酬，一视同仁。另外就是运用自己的人际关系和影响力邀请国际上真正有名望的科学家到学校讲学做报告，举行国际会议，强调高水平的学术氛围。"杨处长顿了一下，不好意思地说："看我，只顾自己说话，忘记了您还要休整。这样吧，您先休息，晚上开会前我来喊您，陪您去会场。有什么事通知我一声，这上面有我的电话号码。"说着杨处长递给刘一鹤一张精美名片。

　　看来这位杨处长是丁一的一位得力助手，等杨处长离开房间后，关上门刘一鹤如是想。他对这位杨处长留下了良好的印象，谈吐得体，精明能干，又不失女性的优雅端庄，巾帼风度。从她嘴里，刘一鹤知道了丁一的一些近况。刘一鹤打开箱子将衣物拿出挂在衣柜里，然后坐到客厅的皮沙发上一面喝茶一面养神。在美国的同事中，他和丁一的关系最好，很佩服他的才干。他各方面的能力都很强，但很少出风头表现自己。许多学校请他去当系主任或大公司请他去当高级主管，他都不去。刘一鹤曾经问过他几回为什么不去，他笑说一个人要善待自己，有十分的精力，拿出一分就可以了，最多不要拿出三分，这样就可以活得轻松自在，工作做了，玩也玩了，不累。如果拿出十分甚至二十分的精力，这人绝对是一个大傻瓜。因为那样将自己绷得太紧，容易将事情搞糟，造成人际关系紧张，顾此失彼。如果工作压力大将身体搞出病来，那就更不值得了。当然丁一说这话是有本钱的，他不是那种一味只求勤奋的那种人，他很聪明，想法独到，讲究效率，没怎么费力科研就搞上去了。别人都在那里喊穷拿不到钱，可是丁一课题多，经费充足，实验室管理得井井有条。除了工作，丁一业余爱好丰富，写得一手好诗词，没事就和月琴一起世界各地旅游，遍访名山大川，古堡遗址，了解世界各地的风俗文化。丁一常说他的许多实验设想就是在寄情于山水之间得到的，难怪他的思路有灵气，灵活变通，独辟蹊径 。刘一鹤和丁一两家走得很近，女儿杜鹃还拜丁一为师学习中文。杜鹃的中文好与丁一的悉心教导分不开。刘一鹤常常和丁一开玩笑，自己的成就是苦干出来的，丁一的成就是玩出来的。丁一反驳说，所以你是院士，我不是。也不知那个叫曲直的校长是用什么法子将丁一搞到手的，看来一物降一物。诸葛亮当初自诩清高不问世事，放浪于山野，还是挡不住刘备的一番劝说而出山，劳心劳力，鞠躬尽瘁，死而后已，印证了士为知己者死的格言。看来这个叫曲直的人必然有过人之处。当然丁一为人正直，责任心进取心强烈，让他当院长绝对找对人了。如果丁一较起真来，没人能挡得住他，刚才杨处长的一席话证实了刘一鹤的想法。

第十九章

在晚上的会议开幕式上，丁一向来自世界各国的专家教授们详细介绍了刘一鹤，说他是一只大鹏鸟，并希望他经常做一只海归鸟到中国来讲学，帮助中国发展科学事业。刘一鹤作完报告，会议举行工作晚餐，他在餐桌上见到了曲直，一个胖乎乎的家伙。曲直是一个见面熟，和刘一鹤套热乎，说我们这里刚刚欣欣向荣，在丁一院长的领导下取得了长足进步，想更上一层楼。然后切入正题，问："我们需要做些什么才能请得动你这尊大佛。"说完曲直满脸微笑，一副真诚。刘一鹤看着丁一，丁一微笑不语，当初自己也是被他这副模样迷惑住，现在还后悔莫及。

刘一鹤不得要领，回答说："我一向和中国学术界少有联系，且事务繁忙，恐怕多有不便。"

曲直依然微笑，点头表示同意，说："没关系，慢慢来。要不我们请你每年回来一次，一切费用我们出，给我们讲讲学，介绍学科最新动向。就几天，时间你定，如何？还有你这个丁一朋友在我们这里可是四面楚歌，困难重重，需要人帮忙，我们大家都要为他两肋插刀，让他只许成功，不许失败。"曲直说完哈哈大笑，戏谑中把要说的意思都点明了。刘一鹤心想这个曲校长果然厉害，懂得心理学，攻心为上。

丁一在一旁为刘一鹤解围，说："曲校长，你的心意我领了。刘教授是刚到的客人，这事以后再从长计较。"

"好的好的。来，我先敬你一杯。"曲直举起了酒杯，一饮而尽。然后话语又绕了回来，"要不这样，我们先请你做我校的学术顾问，负责审查学校科研项目的立项审查。丁院长有个想法，要把我校的学术水平真正搞上去，得请真正有水平的人把关才行。其实你人不用回来，我们将项目总结电邮给你，提出意见即可。当然劳务费是少不了的。来，来，为我们

191

的愉快合作干一杯，我先代表大家谢谢了。"曲直说完豪爽地又一干而尽，看来这位校长对中国的一套非常在行。

刘一鹤有些感动，为了中国的科技事业，这些归国的海外教授们可谓用心良苦，怀着一颗拳拳之心倾其所有，他们的思想境界比自己高。他想起了小时候在中国幼儿园里学到的一个表演节目"拔萝卜"。幼儿园的小朋友都装扮成兔子，毛娣先上去拔一个大萝卜，拔不动，于是老师让自己上去牵着毛娣的后襟两人拔，拔不动，老师又安排第三个上去，人越来越多，终于将萝卜拔起来了。老师让小朋友们明白一个道理，人多力量大。现在大家都在为中国的科学事业出力，自己却置身局外似乎有点说不过去了。刘一鹤想起一个人来，他对曲直和丁一说："我实在太忙，尽力而为。不过我可以向你们推荐一个人，她一定行，学术水平很高，而且丁院长认识。"

"噢，谁？"丁一忍不住问道。

"赵旈华。"刘一鹤说出了名字。

"她呀，那一定行。听说她最近被你挖走了。"丁一和赵旈华在美国以前也是一个学校的同事，还和月琴在她家里聚过会，大家老熟人了。赵旈华心思慎密，做事一丝不苟，是一个严谨的科学家。

"今天收获不小嘛。"曲直喜得美滋滋的，他直向丁一眨眼睛，离他心中的高水平团队建设又迈进了一步。

　　大家商谈着，会议请了一个艺术团表演节目，又是扬琴，又是笛子，还有变脸，热闹非凡。表演中间，丁一在曲直的耳边说了几句，曲直点了点头。丁一邀上刘一鹤出了会场。

　　月明星稀，刘一鹤跟着丁一来到了他的新居，就在学校附近新盖的漂亮楼房里，是一套复式二层公寓楼，里面有个旋转楼梯将一楼和二楼联通。丁一领着刘一鹤上上下下看了一遍，里面装潢考究，家俱典雅，用料做工一流，花了不少功夫。丁一说这套房子是学校送给他的，如果刘一鹤答应来工作，学校也会送这么一套给他作为见面礼。在刘一鹤的惊讶中，丁一继续说："这就是中国特色，为了达到目的，一切都不在话下，反正就是要将事情搞定。"

　　"不达目的誓不罢休。"刘一鹤说。

　　"对。再举个例子，在美国我们发论文都讲究影响因子，中国也讲，而且更厉害。评职称需要它，长工资需要它，提拔当领导需要它，连学生毕业也需要它。有了影响因子就有了一切。因为水平不够，中国科学家投出去的文章很难被顶级杂志录用。但中国人有中国人的一套办法，为了能让文章发表在一流杂志上，就拉拢国外顶尖杂志的编辑们，将他们邀请到中国，然后招呼得像一国元首，前呼后拥，让你洗桑拿，旅游，然后红包加美女，把那些小编们收拾得服服贴贴。于是这些编辑们回去后对中国的文稿另眼相看，发起来容易多了，这样中国的科研水平美其名曰也上去了。"

这个刘一鹤时有所闻，他调侃道："大家现在对中国谈虎色变，但又向往得不得了，诱惑确实太大。在西方国家因为有制度约束不敢搞的事，在中国缺少约束，任意妄为。毛泽东以前有个说法，叫'糖衣炮弹'。"

丁一小时候学习毛主席语录对这个名词太熟悉了，用在这里非常合适，"对头，糖衣炮弹。到了中国来我才真正知道它的威力，如果没有这玩意，什么事都办不成。"

听丁一谈国外编辑的事，刘一鹤忽然想起了另外一件事，他前不久收到了一封中国公司寄来的短信，于是打开手机让丁一看，问他是怎么回事。

朋友您好！

本团队多年来已为众多科研人员提供科研服务，

现今因扩展业务需要，

诚聘可以兼职包写发 SCI 的老师！

联系请寄 jrdv61@163.com

请勿直接回复本邮箱

祝身体健康

万事如意

丁一看完哈哈一笑，说："这在中国已经司空见惯了，就是你出钱，公司找职业写手帮你写出文章，编造一些实验结果，保证发在世界顶级科研杂志上。今天早上还有人找到我办公室来推销，来人说他们可以帮我发文章。我问他怎么收钱，他说每个影响因子收取十万，气得我不行，被我轰出了门。他们这是在招聘你当论文写手呢。"

"啊！"刘一鹤非常震惊，觉得人格受到了极大的侮辱，"这怎么可以？"

丁一说："在现在的中国，什么都可以。"看着天真的刘一鹤，丁一想起了没来中国之前的自己。

"可是这么贵，有谁会出这么多钱呢？"刘一鹤大惑不解。

"这你就不用担心了。既然他们敢张口要这么多，就一定有市场。就好像水面上群鸥飞翔，那底下一定有供它们生存的鱼儿在游动一样。最近有个统计，说中国发表的科研论文在世界上已经排在了第二位，其实里面许多文章就是这么编造出来的。我们学院有个教授，从来不做实验，每年都可以发 2-3 篇 10 分以上的杂志。听说过没有，中国正在打造一个计划，十年内要出一个诺贝尔奖获得者。荒唐不荒唐。"

刘一鹤彻底无语了，他的思维有点跟不上。他问丁一还有什么奇闻可以分享，丁一说："刚到中国时我听到一首打油诗：'不跑不送，降职使用；光跑不送，原地不动；又跑又送，提拔重用'。当时不太明了是什么意思。后来经人解释，原来就是送礼贿赂，升官发财，和'糖衣炮弹'一个意思。在这里不跑不送几乎无法在中国的体制内生存。原因很简单，你不送礼不进这个圈子，不要说往上走，你要呆住都很困难。在中国学术圈里专业可以不懂，但胆子不能不大，酒量不能不海，心眼不能不活，脸皮不能不厚。以前看待一个人的标准主要是看其业务能力如何，如今看重的是其'公关'、'交际'能力如何，就是看其跑'部'进'厅'、向上面请客送礼的能力。大家都这么干，日积月累渐渐形成了一个庞大的腐败体系，学校和科研所的人上上下下、左左右右，几乎人人在争、跑，没有人安心做学问。那些没有来'报到'的教授们是基本没有经费可拿的。在这种制度里你想不贪都不行，想不贿赂都不行，不管是主动的还是被动的。还有，连院士都是跑出来的，这在美国是不可想象的事情。"

"如果是这样，那院士还有什么意义呢？"

"有哇。美国院士也就是一个学术职位，还要缴纳会费，除了受人尊敬外，没有其它特殊地位。中国院士就不一样了，首先是副部级待遇，终身享受医保。但主要是学霸一方，权重一方，占山为王，控制着许许多多的利益分配。"

"比如说？"

"比如说国家的重大经费项目，都是院士们制定的。项目一出来，基本优先考虑院士们，也就是他们为自己制定项目。这些人往往都是各个部门的领导，有的是校长，有的是院长，有的是所长。虽然他们之间有利益瓜分，但其他人只有归到某个院士的名下，才可能分得一瓢羹。也就是说，在中国做科研，得跟着院士的后面走，巴结院士才有出路，至于那学问是哪路货色一点也不重要。你没看见，我们的曲校长已经盯上你了。"

"盯上我有何用？我是美国院士。"

"外来的和尚好烧香，美国院士比中国院士值钱，不怒自威，有利用价值。不过曲校长倒不是为了这个，我了解他，他从美国来，识货，尊重你的学识，想让我们学校的水平上一个档次，要不我也不会回来和他一起干了。我们学校已经将他上报了中科院院士，一审已经通过了，非常有希望。"

"听说你回来后大刀阔斧地在改进。"刘一鹤想起了杨处长对丁一的评价。

"不改行吗，我借用美国的一套做法，杜绝这些丑陋的东西，要不然中国的科研永远搞不上去。不过难呀，水太深。"丁一喝了一口饮料，面露难色继续说："按理说好不容易争取到了科研经费，应该珍惜好好做点科研出成果吧，结果不是这样，都想贪为己有。因为跑关系送出去的钱太多，看见人家拿，心里不平衡，自己也想拿，于是打科研经费的主意。

最近我看了一份材料，说中国各个大专院校和科研机构真正用于科研的钱不到科研项目的 40%，简直触目惊心。这里有一份调查报告材料给你看看，可以窥斑见豹。"

丁一从书桌上拿了一份材料递给刘一鹤，刘一鹤看了起来，是一份审计报告和记者写的调查。报告用触目惊心的详实调查材料，揭露了中国各地吃喝拉撒全方位挤占科研经费。中国近年来科技研发经费支出每年以 20% 以上的速度递增。2012 年全年研究与试验发展经费支出达 10240 亿元，占 GDP 的 1.97%。调查显示许多科研经费被挪用于和经费无关的会议、考察、出国、交通补贴，甚至用于盖房、装修、买家具。许多项目虚列虚报，虚假签字，项目负责人可按 5% 到 30% 的比例提取现金。审计报告指出，许多项目造假也能过审批、不论证也可立项、没条件也得资金，未完成也过验收。刘一鹤看完了材料，以手加额，心里无比沉重。自己背的是中国过去的包袱，丁一背的却是中国现在的包袱。自己已经准备甩掉包袱了，可是丁一行吗。他看着老友，非常同情地问："怎么样，来中国后悔吗？"

没料到丁一眼里闪着火光，语气中夹杂着愤怒和无奈说："没有来时，心里不愿来。不过既来之，则安之。毕竟这里是生我养我的祖国，觉得有责任有义务为她做点事情，特别是看到自己曾经的祖国现在被弄成这个样子，更觉得自己责无旁贷。和这里的同行共事了一段时间后，发现许多人还是兢兢业业刻苦勤奋的。他们很绝望，不甘心，大环境如此，都无能为力。我感觉到了曲直校长的痛苦，四周都是绵密的网，你在里面挣扎，有些势单力薄的感觉。不过事在人为，好在我还有外籍专家的外衣披着，我来后做了一些调整，挥刀断臂，触动了一些人的利益，于是到处有人告我，使阴招，这反而激起了我的斗志，让我有了一种战胜他们的决心和欲望，让我更觉得这个有五千年文明的国家迫切需要我们这些还有良知的科学家为他献身，否则我会死不瞑目的。不瞒你说，我已经有了长期留下来的想法。"丁一说这话时露出了坚定的目光，感觉得出有一种熊熊烈火在他心中燃烧。刘一鹤听出了视死如归和义无反顾的悲怆，和那雄关漫道真如铁的豪迈，无形中受到了感染，他惊讶地发现丁一改变了许多，充满血性，再也不是卧龙岗闲散的心态。

　　遇到一个知己的朋友，丁一将内心的积忧一股脑地倒出，心中舒坦了许多。大概发现自己太投入了，笑笑说："看我，光顾发牢骚，我们不谈这些个严肃话题了。你现在怎么样？杜鹃现在的情形如何？"丁一知道有关杜鹃身世的前因后果，一直关心着杜鹃。丁一打开音响，里面流出一股轻音乐，他想让气氛轻松一点。

　　刘一鹤迟疑了一会说："杜鹃提出想看看她的出生地，我已经同意了，这里会议完了，我就带她去。"

"噢。"丁一有些意外，不过也能接受。"这样也好，要想彻底铲除她心里面的阴影，这可能是一个最好的办法。我们这些在海外的人和中国有太多千丝万缕的牵连，割都割不断。"

"另外，我在考虑结婚。"刘一鹤直言相告。

"真的？！"这个太出乎意料之外了，丁一一直以为刘一鹤奉行独身主义。"那人是谁呢？"

"毛娣，就是和我一同将杜鹃抚养大的那位女士，我们小时候一起长大的。"

丁一以前听刘一鹤提起过毛娣，因此并不陌生。他心里暗自庆幸，这位老兄终于想通了，走出了往昔的阴影，说："这个我举双手赞成。其实你们是一对苦鸳鸯，两人都掉进感情的深渊里不能自拔。你心中的那位已经亡故，只是活在你的心里。毛娣心中的那位却还活在人世间，让她更显煎熬。人家对你可谓一往情深，情何以堪。不是我说你，老刘，这么好的女人哪里去找，特别是现在这个物欲横流的时代。老兄，珍惜人家的这一份感情吧，也不知你哪辈子修来的福份。杜鹃知道这个吗？"

"这也是她的意思，她一直在撮合我们。"刘一鹤回答说。

"加紧啊，结婚时我来当伴郎。"丁一来了情绪，主动自荐。

"我还没有和人家说呢，还不知人家同不同意。"刘一鹤说。

"同意同意，绝对同意。连你这个木鱼脑袋都开了窍，铁树开花，还有什么事情办不成呢？如有什么问题我来做工作。结了婚，你就可以常来中国了，那样多好，我在这里给你谋一个职位，我们又可以在一起工作了。"丁一夹着私心，听得刘一鹤笑了。

回到学术中心，刘一鹤想起刚才和丁一的对话内心难以平静。他在米兰时告诉过毛娣到了中国给她打电话，约个时间见面。记得当年将小杜鹃从中国接到美国时，刘一鹤曾在机场劝毛娣说："不要等我了，去寻找自己的幸福吧。"那时的自己非常决绝，知道毛娣好，但还是深深陷在对杜鹃母亲的相思情念中不能自拔，不想浪费毛娣的情感。在小杜鹃"毛妈妈"的尖声喊叫中，在其他旅客异样的眼光中，他还记得毛娣两眼含泪地什么也不说，用牙齿紧咬着嘴唇，站在原地一动不动地绞着自己的衣角。她留下的两道眼神多年后一直不能让刘一鹤忘怀，里面饱含着失望，幽怨，炙热，委屈，痛苦，惘然；当然还有不解，不懈，不甘心，不弃，不服。随着岁月流逝，在经历了更多的人世沧桑后，刘一鹤少年时形成的锐利仇恨慢慢消磨了。特别当两家的长辈们和好如初且都相继去世后，仇恨更是消失得无踪无影。环顾四周，刘一鹤看到了太多的爱恨情仇将许多人折磨得痛不欲生，家破人亡，伤了别人，也伤了自己，世上难得一份真情在。而自己对杜鹃的思念也慢慢变得抽象起来，像遥远的星空清晰得摸不着，像空气中的蕊香抓不到。女儿杜鹃长大了，里面也倾注了毛娣的毕生心血。她们母女情深，杜鹃时常回中国去看望毛娣，将祝福在太平洋两岸来回传递。自从女儿杜鹃知道了自己的身世后，毛娣竭尽所能安慰女儿。女儿甚至到中国去和毛娣住过了很长一段时间疗养内心的伤口。

在为女儿杜鹃的事不断和毛娣打交道的过程中，他明显地感觉得到有一双深情的眼睛一直在大洋彼岸注视着自己，有一只手通过电话和邮件搭住自己的脉搏。毛娣几十年如一日对自己的一往情深，让刘一鹤不得不反思自己，慢慢地他对毛娣的态度发生了改变，他不断回味起以前的时光，如同涓涓细流慢慢从心底汩了出来，汩汩温馨让人回味。在这人海茫茫之中，这温馨的感觉愈来愈浓和贴己。毛娣的温婉，大度，善解人意，还有她的执着，坚韧，不弃不离，随着时间的推移愈来愈让刘一鹤眷念起来，并开始自省自责，觉得应该珍惜这份不易的感情。记得发小的时候，两人一起手牵手地上幼儿园，一起站在老师面前背诗，一起被父母接回家。在那个绝望的文革之夜，是毛娣将自己心爱的小提琴送还给了自己，为那黑暗之夜划亮了一根火柴，带来一线光明和希望。她舍弃当兵的机会和自己一同下乡，回城了还为自己准备复习资料，一个单身女孩在自己读大学时带大小杜鹃，这么多年来无怨无悔，何谈容易啊。

刘一鹤将往事重新回味了一遍，按捺不住地拨响了手机。

第二十章

肖建平开着高档豪华车送毛娣到了临着江边的一座大酒店楼下，他为毛娣打开了车门。毛娣踏着满地流彩走出车外，一股江风吹来，带着些许春寒料峭。她抬起头来仰视了一下波光掩映金碧辉煌的巨型酒店，回身浅笑地对肖建平柔声说："谢谢你，肖总，请回吧。"

肖建平大度地向毛娣说："祝福你。如还有什么需要帮忙，及时和我联系。"

肖建平就是以前工厂里曾经追求过毛娣的那个技术员。后来国营工厂经营不善倒闭，他开始经商，和毛娣一起将工厂改组，两人一人一半承包了倒闭的厂子。他们以车间为单位改换产品，面向社会，诚信为本，二十年下来，几经风雨，将原来的工厂变成了两个声誉卓著的上市大集团公司，业务遍布全国。现在两人都是身价上亿的集团公司总经理。他们在生意场上携手与共，互相扶持，锐意进取，彼此信任。肖建平虽然结了婚，但仍然情系毛娣。望着她那依然风姿绰约款款登上酒店台阶而去的背影，肖建平心里泛起了一股惆怅和妒意，自己这一辈子终究和这个心仪的女人没有缘分，她身上散发着一种让人难以拒绝的魅力。他不明白美国的那个大教授为什么对毛娣那么有吸引力，可以让条件优越的毛娣苦苦相守，不肯他嫁。

　　毛娣在一阵欢迎光临的声音中踏进了酒店，高旷的大堂里，迎面瀑布流水，修竹蒹葭，琴声清幽。她向前台款款走去，倩亮的暗紫色皮鞋在酒店光滑的水磨地大厅里发出了清脆有力的响声，引来许多注目礼。她在前台报了自己的姓名。看见她谈吐文雅，得体的打扮和一身华贵，领班懂事地马上躬身有礼，知道这一定是一位不可小觑的贵宾人物。领班在电脑上一查，果不其然，眼前这位和蔼的中年妇女是一位赫赫有名的企业家。领班马上告诉毛娣房间都已经准备好了，然后取了房间的门卡亲自前导领着毛娣走进电梯上楼。她们来到顶层一间豪华套房门前，领班将电磁卡递给毛娣，侧身一旁，微笑着说：“这是专门为您预定的，您请进，有事请请通知我们。我们一定照办。”

　　毛娣颔首点头谢了领班，打开房门进去，这个套房分客厅和卧室。只见宽大的客厅里面素雅含敛，鹅黄的地毯，隐花暗红墙面，房间里有股淡淡的熟悉的花香味隐隐飘散。毛娣向靠墙雕花桌子那边看去，暗绿的壁灯下一丛精心安排的杜鹃花盛开着，旁边相衬着君子兰，细叶碧翠欲滴，这是她特意要求肖建平给安排的。厚重的落地窗帘开启着，绾结丝绦，玻璃窗外天色向晚，天边留下一抹仅有的残霞，将殷蓝的城市上空渲染上一层淡淡的桔红，那上面悬挂着银盘一样的月亮。房间里播放着 Richard Clayderman 弹奏的钢琴曲《Memory》，声音不大，却如清澈流水一样倾入心田，烘托出浪漫情调。毛娣来到乳白色的意大利真皮沙发前，桌子上有一瓶红酒和两个高脚酒杯。毛娣拿起酒瓶看了看，琥珀色深，是法国产的原装高级红酒。她放下酒瓶，将外套脱下挂起，露出玉白的双臂，然后将手臂环抱胸前在宽大的客厅里踱着步子，心里开始期盼，不时聆听房门外的响动。

　　杜鹃上个星期从美国打电话向毛娣透露，刘一鹤此行来中国会向她求婚，希望她做好思想准备。对这突如其来的消息，她惊讶得有点不相信自己的耳朵，她心里本来已经如一潭死水，准备单身过一辈子，不对刘一鹤抱任何希望。她心里涌出一股甜蜜，到底是自己养大的女儿，有感情，知道心疼自己，要不到时还不知道狼狈成什么样子。听到这个消息后，毛娣马上想起肖建平住在这个城市，他公司的总部设在这里。于是她打手机向肖建平说明情况，托他在一家酒店订一间房，要最高档的那种，她不想让自己一生中这个最隆重的时刻在一个随便的地方敷衍了事。等了这么长久，自己的苦自己知道，守得云开见月明，终于等到了这一天，一定要隆重对待。打完手机，她让秘书马上通知自己的飞机驾驶员，乘坐公司的小飞机飞往刘一鹤所在的城市。当她两个小时后到达时，肖建平已经在机场等候她了。

　　肖建平订的这个酒店和房间毛娣很满意。想起肖建平曾经对自己有过的追求，心里泛起了一股苦涩。这种苦涩自己最能理解，自己不也是这般执着追求着刘一鹤吗。世界上情为何物，谁也说不清楚。毛娣来到窗前，望着窗外繁华的都市，努力回忆着自己的早恋情结。只有她自己知道，在自己很小的时候就喜欢上了邻居小男孩刘一鹤，那个住在隔壁苏式小洋楼里头发有些卷曲的优雅小男生让她痴迷。他总是彬彬有礼，穿背带吊裤，身上让父母打扮得干干净净，有时说着听不懂的洋文。记得有一次父母带她到刘一鹤的家里去谈工作，那时他们都还是院领导。正和刘一鹤玩得高兴的毛娣听见母亲和刘一鹤的母亲开玩笑，说将来就让毛娣住在你们家算了。当时自己不明白算了是什么意思，等长大了自己慢慢明白过来，很不好意思，怀揣了一颗少女的春心和幻想，可是为时已晚，刘一鹤一家在文革中成了阶级敌人，专政对象，两家有了不可逾越的鸿沟。她常常听见父亲对母亲埋怨刘一鹤的父亲死脑筋，书呆子，为了手下的人打抱不平也就罢了，还去顶罪，不值得啊，父亲惋惜地说。她听见母亲回嘴说这样的人才值得尊敬，说完大家都摇头叹息不已。当然最让自己难过的是在学校和少年宫看见小友刘一鹤跟着家庭受委屈和歧视，小提琴拉得那么好，功课那么优秀，却不让入少先队和共青团。文革中每当刘一鹤在对面楼里练小提琴，她都躲在自家窗下静静地听，入迷地听，自己那颗少女的心就这么偷偷地被刘一鹤的琴声拉过去了，再也回不过来了。

正想着，门铃响了，毛娣心跳突然加快起来。她镇静了一会，理了理头发，迈步向门口走去。

刘一鹤也怀着一颗忐忑的心敲响了门。门开处，他所熟悉的身影蓦然出现在眼前，毛娣两臂光洁，姿态丰韵韶华，比以前更显端庄，矜持中透出一股成熟的秀丽和妩媚。她那双明澈的眼睛，还同以往一样含情脉脉，笑意盈然，饱含真诚。时光岁月在她脸上几乎没有留下什么痕迹。

站在毛娣面前的刘一鹤依然高大挺拔，一身浅色西装套在一件高领的藏蓝色羊毛衫外面，儒雅稳重，风度翩翩。那微卷的头发依然透着书卷气，唤回了些许儿时的记忆，让人迷恋。几十年的人生冶炼，让他显得比以前精干豁达，沉稳气定，明亮的眼睛里透着睿智和涵养，那一身的帅气没有随着岁月的流逝而有一丁点的消失。

四目相对，两人穿过时光的隧道如今重新相见，一切焕然一新且回味无穷，倍增亲切感和沧桑感。"你好，毛娣。"刘一鹤率先开口，虽然略显拘束，却饱含热情和期待。

"你好，快进来。"毛娣在这个男生面前永远都是被动的，她红着脸有些激动，慌乱地邀请刘一鹤。

207

　　刘一鹤随着毛娣进到里面，环顾了一下装潢考究的精致房间，立刻被 Clayderman 的浪漫钢琴曲环抱住了，他天生对音乐敏感，音乐能让他产生宾至如归的感觉。突然他眼睛一亮，看见了那束盛开的杜鹃花，在琴声中美艳地开着，像是静静地为两人祝福，为他们带来共同语言。"啊，真好，又见到杜鹃花了。"刘一鹤情不自禁地来到花前，忍不住鞠身闭眼闻起花来。淡淡的花香里他感受到了毛娣的用情，心中涌动着一股情意绵绵，催人肺腑。毛娣知道自己心里装着故亡之人，并不回避，而是让冥冥之中的杜鹃这个时刻来相伴。都说女人心胸狭窄，可是毛娣肚量无边，如此的光明磊落和坦荡胸怀巾帼之中能有几人？恐怕男人里也没有几个。刘一鹤不免对毛娣又添加了几分敬重，觉得自己今次的决定太对了。

　　毛娣站在刘一鹤的身后问："喜欢吗？"

　　"喜欢。"刘一鹤回转身来，眼里因感激而激情四射，灼烧得毛娣两颊发烫。她从来没有被刘一鹤如此正眼看过，她浑身如同电击一般。毛娣没有避开这眼光，而是大胆地用秋水一样的温柔眼神承受下来，融化进心里。这眼光太熟悉了，她曾经在梦中见过无数次。

　　刘一鹤在来之前早已思考成熟，一定不能再辜负了毛娣的一片真情。他紧紧握住毛娣的手，非常有力，"这些年来让你苦等了，是我对不起你。我们结婚吧？"刘一鹤直率地坦白了自己的胸怀，将手伸到西服口袋里掏出了一个精美盒子，将它打开，里面有一枚戒子闪闪发亮，这是杜鹃陪同自己买的，结过婚的杜鹃在这方面比刘一鹤老道许多。

尽管事前有所思想准备，可是这幸福来得太突然，毛娣感动得泪珠忍不住也像戒子上的钻石一样粘在睫毛上闪闪发亮起来。她透过泪眼望着刘一鹤，像是在梦中轻声问："这是真的么？"

"我是真心的。"刘一鹤拉过毛娣温柔的手，询问道："我能给你带上吗？"毛娣赶紧点点头，用另一只洁白的手背捂住嘴，喉咙鲠咽。刘一鹤微微颤抖地将戒子郑重地套在毛娣光润的手指上，结束了自己艰难的心灵之旅。玻璃窗外的不夜城霓虹灯这时已经开放，到处闪放着奇红绿紫，映照着两人像剪纸一样定格在那里一动不动。此时此刻，他们彼此之间只能感觉得出对方的心脏在跳动和眼睛里的含情脉脉。

过了好一会，刘一鹤才低声问："告诉我，我有什么好，值得让你傻等一辈子？"

毛娣低眉顺眼地回答，将自己的心扉敞开，"就凭你对另一个女人的忠诚，情谊深厚，将她的孩子抚养成人。知不知道，有你这样的专情男人，是一个女人的福气。我不后悔自己的等待，守得一份真情在，即使得不到，也是一种幸福。爱一个人不需要理由，单相思也是一种美丽的爱情，同样可以天长地久，值得珍惜。"毛娣的表白让她显得更加楚楚动人，让人怜爱。她在商场和社会上周旋浸润了多年，知道像刘一鹤这样的男人已经绝迹了。她反问道："你为什么会回心转意？是不是可怜我？"

听了这段话，刘一鹤既惭愧又激动，他搂住毛娣的肩头，将她揽在怀里说："我不是可怜你，我是可怜自己，陷入私心里不能自拔。像你这么好的女人，无私纯洁，我居然视而不见。回想往昔的种种，越来越觉得对不住你。年纪慢慢大了，这一辈子我欠你实在太多，让我的余生来偿还你吧。好在我们还有许多时间可以一起共度人生，共享未来。"

毛娣现在确信刘一鹤的真实感情，情不自禁地在刘一鹤的怀里啜泣起来，将近半个世纪的爱慕、等待和憋屈倾泻而出。她确实付出得太多太多，那个漂亮的小男生，那个威武的男知青，那个学贯中西的知名学者，那个将成为自己丈夫的男人，让自己盼望得太久太久，她嘤嘤地说："知不知道，为了等你，我还是处女之身。"

刘一鹤动情地回答："我又何尝不是。"

毛娣再也忍不住了，放声大恸："我们这是做的什么孽呀！"说完她用牙齿紧紧咬住了刘一鹤的肩头，她要让他明白自己心中的痛！刘一鹤一动不动地站着，心甘情愿地忍受着钻心的疼痛。他让毛娣咬着，他明白毛娣内心的巨大创痛，他要让这刻骨铭心的痛永远留在心里，直到永远。

等毛娣终于松开了口，他捧起毛娣的脸庞，有生以来第一次非常仔细地端详起来。在柔和的灯光和窗外皎月的辉映下，毛娣的脸庞被泪水涂上了一层迷人的色彩，散发着淡淡的香水味。这张白皙的脸还是那么的年轻和漂亮，细长的柳叶眉，高挺的鼻梁，温厚的红唇，还有那像女神一样的眼神，看得刘一鹤内心里溢满了温情和柔意。刘一鹤情不自禁地弯下身子用自己干涩的嘴唇和毛娣接吻。这开天辟地的第一次，让毛娣浑身颤抖，她用两只手臂环抱紧拥住刘一鹤的脖子，以更热烈的激情将自己的舌头伸进了刘一鹤的嘴里。尽管两人于男女之道都略显生疏，可是这迟来的爱情让他们充分体验到了人生的美好和感情交汇，情同少男少女。他们在月光下缠绵，在五彩缤纷的世界里纵情，没有海誓山盟，有的却是心心相印。这时陪伴他们的，只有播放器里播放着的Diana Rose演唱的《紧紧相守》。

If we hold on together

Don't lose your way

With each passing day

You've come so far

Don't throw it away

Live believing

Dreams are for weaving

Wonders are waiting to start

Live your story

Faith, hope & glory

Hold to the truth in your heart

If we hold on together

I know our dreams will never die

Dreams see us through to forever

Where clouds roll by

For you and I

Souls in the wind

Must learn how to bend

Seek out a star

Hold on to the end

Valley, mountain

There is a fountain

Washes our tears all away

Words are swaying

Someone is praying

Please let us come home to stay

If we hold on together

I know our dreams will never die

Dreams see us through to forever

Where clouds roll by

For you and I

When we are out there in the dark

We'll dream about the sun

In the dark we'll feel the light

Warm our hearts, everyone

If we hold on together

I know our dreams will never die

Dreams see us through to forever

As high as souls can fly

The clouds roll by

For you and I

　　第二天早上他们醒来，两人还在床上恋恋不舍地紧紧相拥着。一丝阳光从窗帘里投射进来，照射着倒在地上的法国红酒空瓶和两只相碰靠在一起的玻璃酒杯，平添了一分温馨和热恋。

"结了婚，我们的家安在哪里？"毛娣在刘一鹤宽大的怀里问。

"随你。你业务摊子大，离不开中国，可能家安在中国比较合适。以后我多跑一些。"刘一鹤对这个问题没有思考过。

"我想把公司卖了，随你到美国去，和你一起安度晚年。"毛娣讲出了心里的想法。

"这样不太合适，这么多年的心血，哪能说关就关。"刘一鹤说，觉得这样安排不妥，有欠公允。

"我在商场上搞了这么多年，花天酒地，尔虞我诈，累得不行。其实钱也赚够了，宽宽松松度过余生一点问题也没有。我早就想一份清闲，现在找到了自己的归属，我就做一个家庭妇女，想把以前损失的家庭个人感情生活给弥补起来，想体会一下小女人是一个怎么活法。"毛娣小鸟依人般地温驯，口气里充满了憧憬。

"光在家里呆着，久了会腻味的。"刘一鹤提醒到，他抚摸着毛娣白瓷般细腻光滑的臂膀，吻着她的后脖。

"我不怕。以前我没日没夜地工作，有很大一部分是想填补内心的空虚和寂寞。看着别人有家有小，一家人享受天伦之乐，我羡慕得紧。结婚后，除了照顾你的生活，我可以读读书，上上网，我们还可以一起去世界各地旅游，把自己当成神仙一样，多好，我不会寂寞的。告诉我，这些年你都是怎么过过来的？一个人带着个小孩，又有自己的事业，苦了你。"毛娣有些心疼地吻着刘一鹤的指尖。

"还好。我有杜鹃，这孩子懂事，功课好，没有让我操心。只可惜让她知道了自己的身世，要不然多好。喔，忘记了，我们得起床了，今天还要到机场去接杜鹃。她今天从美国来。"提起杜鹃，刘一鹤记起来接机这档子事，这是他和杜鹃事先约好的。

"她今天到？"毛娣问，翻转身用明眸看着刘一鹤，在他脸颊上又亲了一下，然后轻轻抚摸着昨天在他肩膀上留下的血色咬印。她记起昨晚温情时抚摸着咬印对刘一鹤说过的话，这个红印是自己给刘一鹤盖的章，以后他这个人就属于自己专有了。

"她想回她出生的地方去看看，明天我们一起上路。你有没有时间一起去？"刘一鹤征询毛娣的意见。

"好哇。我们一起去，故地重游。"毛娣岂能放弃这个机会。

两人起了床，涑洗完毕，毛娣让酒店送早餐到房间来。两人一面聊，一面吃早餐，仿佛有说不完的话题，关闭了半个世纪的闸门一旦打开，两道洪流不可避免地相撞相击，交汇在一起。刘一鹤发现自己生活中漏掉的这个毛娣除了以前知道的善解人意以外，还非常的妩媚动人，幽默风趣，笑声朗朗之中透出真诚顽皮，说出的话语富有哲理。

吃完早餐，毛娣给公司的秘书打了手机，说自己这两天有点私事，要回当年下乡的地方去故地重游，暂不回公司了。毛娣让秘书安排一下去乡下包车公司的事情。完了她又给肖建平打了一个电话，让他派一辆车来，她要去机场接女儿杜鹃。肖建平在电话里详细问了杜鹃现在的情况，还记得她小时候的可人模样，希望也能去机场和她见个面，可惜因为有个项目谈判，不能如愿。他让毛娣向杜鹃代问一声好。刘一鹤在一旁看着毛娣有条不紊地安排着一切，干练泼辣尽显。

第二十一章

机场里熙熙攘攘，刘一鹤和毛娣紧靠在一起从航班荧光屏幕上看见了杜鹃的飞机已经着陆。两人来到出口处等杜鹃出来。等的人很多，大家都翘首盼望着接人。

"知不知道，那年你接杜鹃出国，我回去后哭了三天三夜。"毛娣触景生情，在一旁小声告诉刘一鹤。

刘一鹤神色黯然，满怀歉意。他搂住毛娣丰润的肩膀说："我是不是有些自私？现在好了，一家人可以团圆了。我想杜鹃以后会加倍偿还你的，让你享受天伦之乐。"

两人自顾亲密说话，忘了盯着出口过道。倒是杜鹃老远就看见他们两人在那里卿卿我我，恩爱无比，看得杜鹃心花怒放，终于盼来了这一天。她来到两人跟前，高兴地喊了一声："爸爸，毛妈妈，您们好。怎么这么亲热？"弄得两人措手不及，在杜鹃面前显出了尴尬狼狈。

毛娣看见杜鹃水灵的模样，一下将她抱住，口中喃喃念道："我女儿回来了，一路可好？想死我了。"

杜鹃回答："都好。我也想死您了。"然后眨巴着眼调皮地在毛娣耳边小声询问："成了？"

毛娣不好意思地回答："嗯。"高兴得杜鹃拉过刘一鹤，三人紧紧抱在了一起。一晃，离他们上次三人在机场分离已经快三十年了，人世的沧桑，无情的岁月没能将他们冲散，反而留得人间真情在。

在回酒店的路上，毛娣告诉杜鹃她要和刘一鹤结婚的事情，高兴得杜鹃愈发手舞足蹈，她说这个婚礼要自己来主婚，而且要隆重。毛娣告诉杜鹃自己打算以后到美国和他们一起住。

"那您的公司怎么办？"和刘一鹤一样，杜鹃自然想到了这一层。

"卖掉，不要了，都是身外之物。"毛娣好像已经下了决心，回答得很干脆。

"要不捐了吧，做慈善。以后我养您。"杜鹃坐在毛娣身旁，用头靠着毛娣的肩头磨蹭，有点娇嗔，想说服毛娣。毛娣最受不了的就是这个，以前杜鹃小的时候就老是这么乖乖地依靠着她，听她讲故事。后来大了回国探亲，还是习惯性地这么靠着她，跟她讲美国，讲刘一鹤。这时的毛娣什么都好说，心一软，说："我怎么没想到这点？要不听闺女的，捐了？不过我不要你养，我的存款足够养活我自己了。"

坐在前排的刘一鹤不高兴了，抗议道："怎么，我养不活你吗？"说得大家都笑了。

司机也笑了，说："你们这一家子有意思。现在中国全民捞钱，贪腐遍地。要是有一天大家都想着做慈善，我们这个国家就有希望了。"

"其实在美国，许多人宁愿将钱捐给慈善机构，也不留给子女。"杜鹃因为热心慈善事业，知道许多这方面的事情。

司机感慨道："慈善事业代表着一个国家的国民素质和文明进步。你说，一个人一辈子要那么多钱干什么。有福同享，普天同济，才是善善之举，上上之道。"

他们又谈起了明天去杜鹃家乡的事情，毛娣说："干脆你们都乘我的小飞机去算了，又快又方便，三个人在一起多好，我也最后大款一回。我这就去给秘书打电话安排。"

第二天一早，他们三人就乘着毛娣的私人飞机去了刘一鹤和毛娣当年下乡的地方，三个人都难掩兴奋。特别是杜鹃，两眼紧盯着窗外看，沿途高楼林立，城市上空乌烟迷障。飞机里面宽敞舒适，按商务舱设计。机舱里有台办公桌，一套皮沙

218

发，冰柜里有饮料，墙上挂了一些毛娣的工作照。刘一鹤和毛娣回忆着当年插队时的一些往事，离开后，他们再也没有回来过。飞机开进了山区，外面的空气明显清朗起来，白云像棉絮一样漂浮，下面山峦起伏，星罗棋布地撒落着一些城镇。快到时，驾驶员通知了他们一声，刘一鹤和毛娣赶紧从窗子下望辨认，可是不得要领，一片葱葱郁郁，不知下面哪一块地方是自己当年插队的地方。

　　飞机在一个简要机场滑翔降落。已经有辆宝马车子等在那里，是毛娣的秘书向当地的一家旅游包车公司租订的。众人步下了飞机，立刻被请进了光洁舒适的宝马。一个司机操着当地话欢迎他们，显然他已经知道他们是当年的老知青回来参观来了，一路上话匣子不断，介绍这里的新发展和变化，如数家珍一般。刘一鹤和毛娣还依稀能听得懂，杜鹃就抓瞎了，不知他在说什么，毛娣只好在一旁给她当翻译。

　　"这些年回来访问的知青很多，你们是我见过最气派的，连私人飞机都有。很荣幸为你们服务。"车子在城郊新修的柏油马路上向山里飞驰，两旁花坛密布，错落有致，里面春花欣欣向荣，嫩叶扶疏摇曳。再有就是华丽的住宅楼，一栋连一栋，一片又一片，当年那个落后的县城不见了踪迹。

　　"师傅，到了后我们还要步行多久才能到要去的村子？"毛娣问。

"不用走路，车一直开到。现在是村村通公路，而且还是水泥公路。"司机自豪地回答。毛娣和刘一鹤听得目瞪口呆，想起当年的手扶拖拉机来。那时从县城到村里，翻山越岭花了整整两天的时间，真是山乡巨变呀。车子不断地在桥梁和隧道里穿行，路弯开始多了起来。中间经过一个颇具规模的镇子，小洋楼鳞萃比栉，商家繁忙。刘一鹤甚至看见了一家小医院，里面亭台楼阁，小桥流水，垂柳吐新。只是街上跑动的众多的大狗小狗和一些猪，才让人联想起这里是农村。刘一鹤看着这镇子附近的地形有些眼熟，问司机这是哪里。司机说了这个区镇的名字，惊得刘一鹤的下巴都要掉下来了，原来这里就是以前的区政府所在地。这里模样已经大变，当年他带着杜鹃到这里来打胎的情景一下子涌现出来，记忆犹新。他不由想起了那条黄狗，满街寻找，不知这街上跑的哪条狗是它的后代。他觉得热血上涌，眼眶发热。

刘一鹤让司机停了下来，他要下来走走。杜鹃和毛娣跟在后面，不知刘一鹤要看什么。刘一鹤来到了医院门前站住了，眼里的泪水止不住流了出来，往日的痛苦回忆笼罩住了他，内心一阵紧缩。杜鹃看出了诧异，问刘一鹤怎么了？刘一鹤牵着她的手向她讲述了当年带她母亲来这里打胎不成的事情，听得毛娣和杜鹃跟着泪流满面，杜鹃更是放声大哭，原来自己差点就葬送在这里。连带着，刘一鹤向她们讲述了曾在这里领了一条黄狗回家救了她们母女的义举。刘一鹤对杜鹃说：

"当年要不是因为你母亲的成分不好没能打成胎，恐怕今天就没有你了。"一位年轻美貌的女护士这时经过他们身旁，白衣白帽，亲热地打着招呼走过，和当年那个恶狠狠的护士形成鲜明对比。

　　他们重新上路，大家都默默不做声。司机看到听到了刚才的一切，也不再多嘴插话扰乱大家的情绪。当车子开上一个山头时，刘一鹤马上喊停下。到死，他也认识这个地方。大家下了车，杜鹃当年殉难的地方就在眼前，一望无际的山脉。那颗见证了人间悲剧的松树还挺立在那里，高大了不少。它似乎认识刘一鹤，迎风摇摆，仿佛向他亲热地打着招呼。刘一鹤来到悬崖边抚摸着饱经风雨的树干，见到了老熟人，心潮澎湃起伏。那个风雪弥漫的早晨，他抱着刚出生不久的小杜鹃就靠坐在这里绝望地望着下面的山谷。良久，刘一鹤抬头望去，只见对面山坡上和山谷里杜鹃花在春天的阳光下欣欣向荣，漫山遍野地怒放在松树林里，充满了生命力，每一朵花仿佛都是当年杜鹃的化身。你在另外一个世界还好吗？刘一鹤在心里默问。

　　片刻，刘一鹤饱噙泪水将女儿杜鹃喊到身旁，对她说："这就是你妈妈殉难的地方。快向你妈妈磕头。"

　　杜鹃浑身颤抖着在崖边跪了下来，异常凄厉地放声大喊道："妈。。。。。　妈 。。。。我回来了。。。。"随着喊声，一阵阴风陡然飚起，山谷里充满了呼叫的回荡。满山的杜鹃花闻声摇动，仿佛是母亲杜鹃听到了女儿杜鹃的呼喊，频频向女儿招手，母女俩阴阳两界遥遥相望。松涛阵阵，它们争相述说着母亲对女儿的日夜思念。山峰俯首，它们为这迟来的重逢哀悼。白云滚滚，它们像当年的风雪一样提醒人们不要忘记过去。

　　司机好像明白了什么，他问一旁的毛娣："听我父亲说起过，以前有个地富子女从这里跳崖了，她的女儿后来被一个知青领养离开了这里，莫非就是他们？"

　　毛娣悲愤地点点头。司机登时目瞪口呆，嘴中喃喃："我的天，敢情这原来是真的。"他来到刘一鹤跟前握住刘一鹤的手说："我父亲常提起你。"

　　"你父亲是谁？"刘一鹤不解地问。

　　"文革中他是这个公社的卫生员，后来逐步提拔，是县里的卫生局长，现在退休在家里。"

　　"你是他儿子！？"刘一鹤记起了老朋友。司机赶紧点点头。

　　这意外的消息让刘一鹤喜出望外，他感激交加。在后来的岁月里，刘一鹤常常想起公社卫生员，读大学时和他还有书信来往。刘一鹤拍着司机的肩头说："我和你父亲是好朋友，我的大学录取通知书还是你父亲冒着大雪翻山越岭给我送来的。请你转告他，回到县城后我一定要和他聚聚。"

　　他们又继续前行。来到女儿杜鹃出生时的小土屋前，这里什么也没有了，一片平地，做稻场用，只有那屋后的一丛翠竹长得愈发茂盛，唰唰作响。杜鹃红肿着双眼看着自己的出生地，一切和自己想像中的都不一样。毛娣来到跟前安慰她说："以后我们按原样重新修一个一模一样的房子，纪念你的母亲。"

　　杜鹃摇摇头说："不必了，还是把钱捐给那些更需要的人吧。"

　　他们继续在田间地头寻访旧地，许多庄稼人都不认识，对方也都向他们投来陌生好奇的眼光。以前的老旧房子都没有了，取而代之的是一幢幢修得像别墅一样的农家小院，在山林的掩隐里错落有致，鸡犬相闻。世道真变了，不到四十年，换了人间。走着走着，前面一个山坳里居然开着一个别致小巧的小酒家。一行人都饿了，于是进到里面吃饭。柜台上就一个年轻的小老板，见突然来了一帮人，赶快上来热情招呼。大家坐好，刘一鹤环顾了一下四周，环境比较古朴简陋，倒也清洁，没有其他顾客。小老板为他们端来茶水，说茶叶是本地产的，免费用。然后搓着手说这里都是典型的本地农家菜，现吃现摘，新鲜，鸡也是当地的土鸡，没有污染。众人满意，点了几样家常菜，小老板说今天刚打了几只野兔子，炖了兔肉汤，要不要来一锅。刘一鹤一听，马上回忆起当初黄狗打猎的情景，立刻点了兔肉汤，并让小老板加一些野菌蘑菇在里面。小老板吆喝着到后面让厨子做菜去了。

大家喝着新茶，刘一鹤向大家讲起当年的饥饿和忠实的黄狗打野兔子救活杜鹃母女俩的故事，大家又是一阵唏嘘和感慨。不一会菜做好了，厨子将菜端了上来。厨子是一个上了年岁的老头，佝偻着身子，满头花白，脸上被岁月雕刻得沟沟壑壑，粗糙疙瘩。他两眼无神，面无表情，动作有些迟钝。刘一鹤起先没有在意，可是就在厨子将菜放在桌子上的一瞬间，刘一鹤浑身激灵了一下，他看见了一根被削掉了半截的指头。刘一鹤立马抬起头来，正好和厨子的眼光相碰，他印堂上有一块红斑胎记。那人犹豫了一下，似有所悟，不由得浑身颤抖起来，以至于另一只端菜的手握不住盘子，盘子从手里掉了下来，菜汁洒了刘一鹤一身。司机见状怒声呵斥："你这人怎么搞得，将菜汤泼了人家一身。"

店老板这时端着兔肉汤闻声而来，见状也大声呵斥："老糊涂了，怎么将菜汤洒在了客人身上。看着你可怜，给你一碗饭吃，给脸不要脸，你给我滚！"店老板又转过身来赔笑安慰刘一鹤："稀客，对不起，我来给你重做，今天的饭菜不收钱。"

杜鹃赶紧用提包里的手绢掏出将刘一鹤身上的菜汤擦掉，关心地问："爸爸，你没事吧？"

　　刘一鹤被这突如其来的遭遇弄懵了一下，待回过神来，对杜鹃说："爸爸没事。去，赶快去安慰那位老伯，不要吓着人家了。"刘一鹤对店老板说："也是无心之过，不碍事。不用重做，就将刚才那份补上就行。请不要难为厨师。"

　　杜鹃按刘一鹤的吩咐，走到老厨子面前，和蔼地安慰惊魂未定的厨子说："没事，我们不找您的麻烦。您忙去吧。"厨子两眼紧盯着杜鹃怔怔地看着，紧巴巴地，一刻也不肯放过。他嘴唇哆嗦着，身子颤动得更厉害，嘴中小声念叨："像，像，太像了。"

　　店老板看着厨子痴呆呆的样子，又叱道："人家不找你麻烦你还不识相，盯着看什么看，不懂礼貌，还不到后面去做菜，我看你真是老糊涂了。"

　　"老板，不碍事，一点小事，别吓着老人家。"杜鹃制止了店老板的训斥，回过身来给了厨子一个亲切的笑容，轻轻挥手让他离去。厨子羞愧地将头低下，步履踉跄地走到后面厨房去了。

　　刘一鹤内心里的震动怎么也平静不下来，他怎么也不能将眼前这个老态龙钟的老人和那个挑行李担子健步如飞的生产队长联系起来。他那缩头缩脑像霜打了似的模样和当年嚣张跋扈对地富子弟大声呵斥的狂妄反差实在太大。这怎么可能是一个人呢？时光真是会捉弄人。

刘一鹤定了一定神，盛了一小碗兔肉汤递给杜鹃，说："将汤喝下，你小时候没有吃的，就是喝兔肉汤长大的。"杜鹃乖乖地听从父亲的话，将兔肉汤一饮而尽，鲜美无比。在刘一鹤慈祥欣慰的眼光注视下，她又来了一碗。刘一鹤仿佛又看到婴儿杜鹃嗷嗷待哺的模样。

大家正吃着，刘一鹤正想着要不要向杜鹃挑明她的生身父亲就在里面，厨房里突然爆发出了一股撕心裂胆的嚎啕大哭声，将所有的人都惊呆了。在场的除了刘一鹤，还有一个人认出了这就是以前的生产队长，她就是毛娣。毛娣用手捂住杜鹃的耳朵小声说了什么，只见杜鹃脸色一阵惨白，几乎晕倒。司机看见眼前发生的事情，也惊得目瞪口呆，因为他父亲曾经告诉过他一切，已然明白是怎么回事。杜鹃紧紧闭上眼睛，从胸前掏出十字架紧紧攥在手中不停地祷告，她不知如何面对这个用罪恶将自己带到这个世界上来的人。来之前，她闪念过是不是要寻找一下自己的生身父亲，不过这个念头瞬间就被自己按灭，为什么要找这个给所有人都带来痛苦的人，正是这个禽兽父亲曾经千方百计地想置自己于死地。

这时刘一鹤站起身来走到杜鹃身后，将温暖有力的双手放在杜鹃的肩上，给予她力量，说："孩子，去吧，勇敢一些。有些事情是不能改变的，还不如去面对。想想如果耶稣遇到这件事会去怎么做，仁慈为怀。"

　　杜鹃睁开眼，缓慢地站起身来，犹豫地看着刘一鹤，又看看毛娣，他们两人都向她赞许地点点头，鼓励她勇敢地跨出这一步。杜鹃从自己最亲近的两个亲人的眼神里吸取了力量和勇气，她定了定神，拢了拢头发，整理了一下衣襟，在众人的注视下走到后面厨房里去了。

　　不久里面传出了杜鹃的问候声，接着爆发出了厨子的咆哮："对不起呀女儿，我不是人。来世我给你做牛做马，给你妈做牛做马，给所有的人做牛做马。"然后就是自打耳光的响声。

后记

诗曰：

长河万里浪淘沙

抚卷临窗看晚霞

遥忆当年苍翠岭

深藏旧日杜鹃花

温情默默几番许

热泪涟涟两鬓华

叹慰人生千百转

相携路漫好还家

（七律）

　　千里江河发源于高山之巅，聚天地之精华，含精蓄锐奔腾直泻，途经弯弯曲曲道路险阻的崇山峻岭，九曲回转，激起浪花飞溅，回归大海。刘一鹤这拨早年来到美国的留学生们从沉重的历史风雨中艰难地跋涉过来，虽然往事不堪回首，遍体鳞伤，带着创痛，但他们没有自怨自艾，自毁自弃。他们昂首挺胸走出时代的阴影，擦干泪水，将往事掩埋在心底。他们胸怀高远的志向，面向阳光，在生活事业的道路上学海作舟，永不言弃。他们在异国他乡演绎着自己五彩缤纷的人生，凭着自己的聪明才智和刻苦勤劳为人类的文明进步贡献自己的毕身精力，如同千里浪花在历史的长河里习习闪光，在历史的舞台上演绎着各自可歌可泣的人生事迹来。　他们是一个集体，无处不在，如同涓涓细流汇成大江大河滔滔不绝。历史造就了他们，他们推动着历史，他们的故事还在继续。。。。。

严聪

Carmel, IN, USA

2013.06.03 － 2013.09.29. 初稿完

2013.10.09. 修改二稿完

2013.11.28. 修改三稿完于武汉

字数：115,297